Joan vai bem

WEIKE WANG

JOAN VAI BEM

TRADUÇÃO: Caroline Chang

GUTENBERG

Copyright © 2020 Weike Wang
Copyright desta edição © 2023 Editora Gutenberg

Publicado originalmente nos EUA pela Random House, um selo e uma divisão da Penguin Random House LLC, New York.

Título original: *Joan is Okay*

Todos os direitos reservados pela Editora Gutenberg. Nenhuma parte desta publicação poderá ser reproduzida, seja por meios mecânicos, eletrônicos, seja via cópia xerográfica, sem a autorização prévia da Editora.

EDITORA RESPONSÁVEL
Flavia Lago

EDITORAS ASSISTENTES
Natália Chagas Máximo
Samira Vilela

PREPARAÇÃO DE TEXTO
Natália Chagas Máximo

REVISÃO
Diana Passy

PROJETO GRÁFICO DA CAPA
Donna Cheng
(sobre imagem de Getty Images)

ADAPTAÇÃO DA CAPA
Juliana Sarti

DIAGRAMAÇÃO
Christiane Morais de Oliveira

Dados Internacionais de Catalogação na Publicação (CIP)
Câmara Brasileira do Livro, SP, Brasil

Wang, Weike
  Joan vai bem / Weike Wang ; tradução Caroline Chang. -- 1. ed. -- São Paulo : Gutenberg, 2023.

  Título original: *Joan is Okay*
  ISBN 978-85-8235-692-0

  1. Ficção norte-americana I. Título.

23-141787   CDD-813

Índice para catálogo sistemático:
1. Ficção : Literatura norte-americana 813

Aline Graziele Benitez - Bibliotecária - CRB-1/3129

A **GUTENBERG** É UMA EDITORA DO **GRUPO AUTÊNTICA**

São Paulo
Av. Paulista, 2.073 . Conjunto Nacional
Horsa I . Sala 309 . Bela Vista
01311-940 . São Paulo . SP
Tel.: (55 11) 3034 4468

Belo Horizonte
Rua Carlos Turner, 420
Silveira . 31140-520
Belo Horizonte . MG
Tel.: (55 31) 3465 4500

www.editoragutenberg.com.br
SAC: atendimentoleitor@grupoautentica.com.br

*No tempo de Hipócrates e Galeno,
acreditava-se que o corpo humano apresentava
quatro humores, dos quais o sangue
era considerado o predominante.
Um excesso de humor, acreditava-se,
causava males de saúde,
o que conferia grande importância
à prática da sangria.*

QUANDO PENSO EM PESSOAS, eu penso em espaço, em quanto espaço ela ocupa e o quanto de utilidade essa pessoa tem. Eu meço pouco mais de um metro e meio e peso em torno de 45 kg. Por um breve período de tempo, pensei que poderia ter mais do que um metro e meio e, embora isso fosse ok, eu não precisava dessa altura extra. Ficar embaixo de alguma coisa sempre me dá uma sensação de conforto, como quando chove e eu posso abrir um guarda-chuva sobre a minha cabeça.

Hoje alguém me disse que eu lembrava uma ratinha. Com 1,68 m e cerca de 130 kg, ele, que usava uma camisola hospitalar com uma abertura atrás e meias antiderrapantes, disse que o fato de eu parecer do tamanho de um rato o deixava receoso. Perguntou qual era a minha idade. E onde eu havia estudado. E se eram instituições de prestígio. Então, indagou sobre onde estavam meus diplomas dessas instituições prestigiosas.

Meus diplomas são grandes e estão emoldurados, respondi. *Não os carrego comigo.*

Embora eu não seja um rato, tenho, de fato, traços prosaicos. Meus olhos, sem dobras nas pálpebras e sem cílios. Minhas sobrancelhas são muito finas.

Eu disse ao homem que ele poderia tentar em um outro hospital ou voltar aqui num outro momento. Mas que eram grandes as chances de que eu ainda estivesse aqui e que ele ainda julgasse que eu me pareço com um rato.

Li em algum lugar que empatia é repetir as três últimas palavras de uma frase e balançar a cabeça, em concordância.

Meus vinte e poucos anos foram passados estudando, e se costuma dizer que uma garota dessa idade está no seu auge. E que, depois desta década, tudo está perdido. Devem estar falando da aparência, porque quanto poderia valer o cérebro feminino, e quanto ele poderia durar?

Estudar parecia, muitas vezes, participar de uma corrida. Me diziam para eu agarrar o tempo e que, se não fizesse isso – isto é, estender minha mão para fora da janela e puxar o tempo para dentro como se fosse um pombo-correio –, outra pessoa em outro carro o faria. A estrada era cheia de carros, limusines e Prius, mas havia apenas um número limitado de pombos. Com essa imagem em mente, eu não consigo mais andar num veículo com as janelas baixadas. Eu inevitavelmente procuro a pomba e estendo a mão, para ser decepada.

*

O DERRAME DO MEU PAI FOI FATAL, seguindo o curso natural de um AVC daquela magnitude até o seu previsível fim. As pessoas costumam morrer por causa das complicações do derrame, e eu me senti grata por isso não acontecer com ele. Na verdade, as complicações o teriam irritado, por morrer não de um golpe, mas por um desligamento total do sistema, que era mais lento, mais doloroso e revelava como uma pessoa podia ser vulnerável. Meses antes, ele havia reclamado de dores de cabeça e pressão nos olhos. Disse para meu pai fazer alguns exames e ele me disse que os faria, o que significava o contrário. Na China, meu pai dirigia uma empresa de construção que, na última década, finalmente tivera sucesso. Ele era um workaholic típico e não esteve muito presente durante a maior parte da minha infância, adolescência e vida adulta.

Quando recebi a notícia, eu estava no hospital, trabalhando na minha sala. Meu pai havia tropeçado no amontoado de fios de um projetor durante uma reunião e batera a cabeça contra uma cadeira. Enquanto minha mãe me explicava – ao que parece, ou a queda disparara o derrame, ou o derrame disparara a queda –, pedi que ela colocasse o telefone junto à orelha dele. Meu pai já estava inconsciente, porém a audição é o último sentido que se apaga. E, considerando a diferença de fuso horário, ainda amanhecendo em Manhattan já que estávamos doze horas atrás, ele ainda estava a caminho da consulta que, pelo relato de minha mãe, deveria ser corriqueira.

Perguntei a ele como estava seu trabalho e se poderia, só naquele dia, tirar algumas horas de folga. Meu pai obviamente não respondeu, mas falei que, fosse como fosse, eu estava orgulhosa dele. Ele nunca planejara se aposentar e continuou, até o último momento, fazendo o que mais gostava.

Chuàng, falei ao telefone e ergui o punho no ar.

Depois que minha mãe desligou, fiquei sentada ali por algum tempo, sem olhar para o computador, e esse foi o meu erro.

Tendo visto meu punho erguido, os dois outros médicos que estavam na sala perguntaram com quem estivera conversando e o que era aquele som estranho que eu emitira. Respondi que falava com meu pai e que aquele som era algo próximo a uma palavra, mas que não tinha um significado.

Meus colegas não sabiam que eu falava chinês, e preferia manter isso assim, para evitar confusões. Mas a palavra significava algo, sim, tinha várias acepções, uma das quais era "começar".

Setembro chegava ao fim, e minha colega Madeline estava brincando com o nosso colega Reese sobre o verão, que era a estação favorita dele, de forma que ele estava triste de vê-lo chegar ao fim.

Só garotinhas gostam de verão, Madeline disse a Reese, *menininhas com coroas de flores e vestidos hippies estampados.*

Reese era um típico norte-americano, com 1,88 m de altura e cerca de 85 kg, que participava de encontros casuais com várias mulheres, mas, no trabalho, só flertava com Madeline. *Sou loucamente apaixonado por você,* ele lhe dizia, na frente de outros colegas como eu, e Madeline ou o ignorava por completo ou tentava atraí-lo de volta incansavelmente. Madeline era uma alemã robusta, de 1,70 m de altura e um pouco mais de sessenta quilos, com um leve sotaque. Fazia sete anos que ela namorava o mesmo engenheiro de softwares, e eles moravam em um apartamento com um monte de plantas.

O que foi?, Madeline indagou, percebendo que eu dera as costas ao meu monitor por tempo demais.

Perguntei se um deles poderia cobrir meu plantão de final de semana. Pedi desculpas pela pouca antecedência, mas eu tinha que me ausentar.

Ambos se ofereceram para fazê-lo e até pareceram lisonjeados com meu pedido, já que, como meu pai, eu era uma workaholic e conhecida por nunca folgar. Então lhes dei as costas e comecei a guardar minhas coisas.

Ok, não nos conte, disse Reese.

Eu sei do que se trata, Madeline disse com um brilho maroto. *Você vai viajar para se casar. Vai fugir.*

"Fugir" é uma palavra engraçada e, em jargão hospitalar para pacientes, significa "deixar o prédio por sua própria conta e risco, sem o consentimento de um médico".

Depois que mencionei o falecimento do meu pai, Madeline suspirou, cobrindo a boca e, por um segundo, fechou seus olhos. Por trás dos dedos, ela perguntou se aquela havia sido minha última conversa com ele, e se o som que eu fizera era, então, um som de tristeza.

Eu respondi: *Não, na verdade não*, e deixei por isso mesmo.

Reese e Madeline me fizeram mais algumas perguntas, como qual havia sido a última vez que eu o vira e há quanto tempo eu deixara a China.

Você nasceu lá, não?, Reese perguntou, e respondi que eu havia nascido na área da baía de São Francisco.

Califórnia, Madeline completou. *Um ótimo lugar para se nascer.*

Mas em Oakland, intervi, para não parecer que eu estava dando crédito demais à minha localidade natal.

Certo, Reese disse.

Ainda assim, comentou Madeline.

Contei que a última vez que eu vira meu pai fora na primavera. Ele estivera em Nova York a trabalho, uma possível oportunidade lá, um cliente novo, e, no caminho de volta ao JFK, passou pelo hospital e se encontrou comigo no saguão do primeiro andar que tinha plantas artificiais e um pequeno café. Ele comprou um café para mim e eu quase o havia terminado quando ele precisou ir embora para pegar seu voo. Mas que eu ia raramente para a China, e nem me considerava muito chinesa.

No momento que essas palavras deixaram minha boca, eu me perguntei por que as tinha dito. O que havia de errado em ser muito chinesa? No entanto, sempre me parecia que havia algo de errado nisso.

Senti um golpe de ar, mas era impossível. A sala que dividíamos era um espaço sem janelas com uma dúzia de mesas alinhadas contra as paredes e uma estação de bebidas ao fundo. A porta abria para um corredor que não tinha janelas abertas e só era usado para transportar equipamentos. Uma cadeira de rodas dobrada, uma cama vazia, empurradas por auxiliares curvados à frente.

Madeline me ofereceu um chiclete e parecia que nós todos o queríamos, então o pacotinho rodou entre a gente e discutimos sobre o sabor fresco da menta. Ela me perguntou se eu queria ficar com o pacote, pois voos internacionais eram longos. *Quão longo, exatamente?*

Disse que dezesseis horas, ao que Reese respondeu: *Merda*.

Fiquei surpresa por nenhum dos dois perguntar para onde na China eu estava indo. O país era enorme e em grande parte rural. O Google Maps não funcionava por lá. Mas só havia duas cidades que a maioria das pessoas conhecia, e eu não estava indo para a capital, mas para a outra cidade, junto ao mar.

*

MAIS TARDE NAQUELA NOITE, eu me encontrei no aeroporto JFK com meu único irmão. Oito anos mais velho que eu, Fang estava no que ele chamava de nova meia-idade e em forma. Não lhe interessava em qual idade eu me encontrava (36 anos) – eu era mais jovem, sempre seria, e ele gostava de me dizer o que fazer.

Fang ficara rico, e sua casa em Connecticut era gigante. Já que ele organizara a viagem, nós embarcamos na primeira classe, onde ganhei um pequeno quarto só para mim. O meu assento individual tinha o formato de um L transversal, com uma divisória à minha esquerda que podia ser aberta e fechada. Pouco antes da decolagem, meu irmão me visitou no meu quarto para conversar sobre como eram incríveis as amenidades da primeira classe: as refeições e o serviço, diferentes opções de cobertores aquecidos, a possibilidade de reclinar e deitar horizontalmente, o kit de toalete da L'Occitane, pijamas azuis com bordados em vermelho – coisas que o nosso pai nunca teve ou não conseguiu apreciar.

Porque ele cresceu em uma aldeia rural, falei.

Não era uma aldeia rural, Fang disse. *Uma cidadezinha do interior, sim, mas não uma aldeia. Não fale sobre coisas que você não entende.*

Então Fang explicou o kit da L'Occitane. Ele abriu sua bolsinha e tirou todos os itens, segurando-os entre seus dois dedos indicadores. Isso era um minitubo de pasta de dente. Isso era um pente retrátil, plugues para os ouvidos, hidratante e colônia. Pastilhas de menta minúsculas e poderosas. Ele jurou que uma vez que tivesse feito um voo de primeira classe, eu nunca mais seria a mesma, não era possível viajar de outro jeito.

Quando as refeições foram trazidas, nós as comemos em nossos respectivos quartos, com talheres de prata, e bebemos nossas taças de Veuve Clicquot. Lá do outro lado do corredor, Fang me perguntou quando eu seria promovida no trabalho, e respondi que eu já era uma médica especialista e a pessoa mais sênior no local.

Claro, ele comentou. *Mas não faz mal perguntar, deve haver um cargo mais alto.* E respondi que isso era provável. Ele replicou: *Definitivamente.* Então terminamos a champagne e devolvemos as taças para as bandejas de refeição e nos preparamos para dormir.

Mas durante todo o tempo de voo, eu não consegui dormir. Não usei o kit da L'Occitane nem os pijamas azuis. Por acidente, apertei o botão de chamar a aeromoça, e logo uma bonita jovem asiática veio perguntar se eu precisava de toalhas frescas para o rosto ou de ajuda para reclinar o assento. Seus dentes eram muito brancos e ela me informou que aqueles assentos eram feitos para reclinar totalmente, ficar horizontais como uma cama de casal e garantir o máximo conforto aos passageiros. Não acreditei que ela pudesse sorrir e falar ao mesmo tempo, tarefa que pensei ser humanamente impossível. Como não tinha nenhuma solicitação para ela, a aeromoça reclinou meu assento, tornou a fechar a cortininha que isolava meu quarto e diminuiu as luzes.

Nossa mãe esperava por nós no aeroporto de Pudong, seu cabelo estava com um permanente recente, ela trazia uma bolsa colorida a tiracolo e seus tornozelos brilhavam com suas translúcidas meias de seda. Minha mãe gostava de dividir meu nome em duas sílabas.

Joan-na, ela chamou e apalpou meu ombro. Durante a residência, eu perdera o peso de um braço. Eu havia me recuperado desde então, mas minha mãe ainda gostava de checar e perguntar se eu estava comendo o suficiente, se eu já havia comido, se eu queria comer mais alguma coisa. Cumprimentos podem ser um verdadeiro anticlímax em algumas famílias. Minha mãe e eu falávamos com razoável frequência em ligações por telefone e por mensagens de texto, mas, depois de dois anos separadas fisicamente, não houve grandes abraços ou beijos.

Ela não cumprimentou Fang, já que ele já estava na área de retirada de bagagens, se adiantando à multidão. Eu tinha me esquecido sobre as multidões na China, que estar em uma multidão aqui era como se perder no mar, e que para aeroportos, estações de trem – para qualquer terminal de transporte, qualquer cidade, na verdade – para qualquer local turístico, para todos os shopping centers, sobretudo perto das festividades, principalmente mercados de alimentos, escadas rolantes, existe a expressão *rénhǎi*, ou "mar de gente".

Agora Fang já estava mais de seis metros à nossa frente em uma refinada cabine preta, pedindo um sedã particular para nós. No sedã, meu irmão não forneceu endereço algum para o chofer de terno e luvas brancas. Só informou o nome do hotel e o motorista deu a partida. Para fazer o check-in, bastou eu dar um aperto de mão. Amenidades do hotel: um fichário de quase dez centímetros de lombada.

*

CEM PESSOAS FORAM AO FUNERAL do meu pai, a maioria das quais eu não conhecia. Ele tinha dois irmãos e muitos amigos. Minha mãe tinha um irmão, duas irmãs e mais amigas. Durante toda a minha vida eu havia passado o total de menos de uma semana com essas tias e esses tios.

Há dezoito anos, meus pais haviam se mudado de volta para Xangai e moravam lá desde então. Quando eu estava indo para a faculdade, eles compreenderam que o trabalho deles como pais já havia terminado. Fang era um homem que já tinha se estabelecido, e eu estava encaminhada. Nenhum dos irmãos deles havia emigrado, e meus pais nunca ficaram tão confortáveis nos Estados Unidos quanto esperavam. Então, depois que partiram, ficamos só meu irmão e eu no país, e o restante de nossa família estava no estrangeiro. No enterro, não pude falar sobre o meu pai de qualquer maneira significativa, e, assim que consegui proferir algumas palavras, os outros só queriam que eu parasse. Mais tarde, um grupo menor de pessoas se juntou para jantar em um restaurante chique, em uma sala privada. A sala tinha uma mesa de banquete redonda com um centro giratório embutido. Algo comum nesse país e que possibilitava que as famílias se sentassem para refeições de horas e girassem esse centro para um lado e para o outro, forçando educadamente todo mundo a comer. Uma vez que uma refeição terminava, começava a outra. Pratos elaborados eram trazidos, pelo menos dez variedades de sopa. Crianças corriam em volta da mesa, riam histericamente e se escondiam atrás de cadeiras de espaldar alto. Mas não havia crianças naquele jantar, e me perguntei por quê. Perguntei para a mulher ao meu lado onde estava fulana. Ela apontou para si mesma. A tal fulana era ela, a segunda filha do irmão caçula do meu pai, agora minha prima de 22 anos. *Oh*, falei. *A China mudou, não é mesmo?*, minha prima perguntou. *Nos últimos dez anos, se tornou novinha em folha.* E respondi que não conhecia o país tão bem assim. Ela comentou que, considerando o quanto meu rosto era chinês, era uma pena eu não saber nada sobre mim mesma.

Giramos o centro da mesa em sentido horário e depois no anti-horário.

Sobre o nosso país, continuou minha prima, *antigamente era pobre, mas agora nós nos recuperamos. Ultrapassamos a maior parte dos países ocidentais, até mesmo o seu.*

Ela me mostrou sua carteira de couro refinada e me disse o preço. E me entregou seu celular novo, que, ela observou, era até mais moderno do que o meu. Era palpável para mim o que minha prima estava tentando provar. Era tudo uma corrida.

Disse à minha prima que eu sentia muito pela perda dela. *Meu pai era um bom tio para você e um bom camarada, no geral.*

*

PARA RETOMAR O TRABALHO na segunda-feira, eu precisava pegar o voo de volta no dia seguinte. Nem Fang nem minha mãe sugeriram que fizesse o contrário, já que ambos sabiam que eu vivia para o trabalho e não havia muito para eu fazer na China. Minhas tias já tinham ajudado minha mãe a limpar o apartamento, outros familiares e amigos levavam comida pra ela com regularidade. Meu irmão também ia ficar mais duas semanas por lá para resolver o resto das contas de meu pai.

Fang tinha ligações com a China mais fortes do que as minhas e conhecia mais pessoas no funeral. Nascido em Xangai, ele foi criado por meus pais e depois pela minha família materna – os pais e os irmãos de minha mãe – depois que ela e meu pai partiram para os Estados Unidos. Na época, era comum para muitas famílias que os pais viajassem antes, e a frase "é preciso uma aldeia inteira para educar uma criança" nunca me pareceu exagerada. Os planos eram mandar buscá-lo mais cedo, mas, por acidente, eu nasci e foi preciso esperar mais alguns anos. De Oakland, meus pais e eu nos mudamos para o Kansas. Então um dos avós morreu, seguido rapidamente pelo outro. Um dia, em Wichita, eu ainda não sabia que tinha um irmão e, em questão de 24 horas, ganhei um irmão mais velho. Para nossos vizinhos curiosos, ele era só um parente da China, nos visitando por algum tempo. Estranho e óbvio. Um garoto de 12 anos que se parecia tanto com a minha mãe e metade comigo.

Em Pudong, eu fui até o balcão de vendas para trocar meu assento de primeira classe para a econômica. A atendente da companhia aérea fez uma cara feia e me perguntou se era o que eu realmente queria. Assim que mudasse para a classe econômica, eu não poderia voltar atrás. Os assentos da econômica não reclinavam totalmente, eu ficaria sem os kits da L'Occitane e a Veuve Clicquot, e daria adeus às aeromoças bonitas com dentes brancos.

Classe econômica não é divertido, ela disse em inglês e completou dizendo que se eu estava fazendo aquilo para vivenciar a pobreza ou me conectar com as massas, não era uma boa ideia.

Claramente ela pensou que eu era louca. Enquanto segurava meu passaporte americano azul, a atendente disse à colega ao lado, em xangainês, que eu devia estar doente. O coloquialismo que ela usou pode ser dito em tom de brincadeira, de forma bem-intencionada ou séria. Significa que algo não está bem com essa pessoa, que literalmente ela está com um ou dois parafusos soltos.

O voo de volta foi mais curto, quatorze horas na direção do vento. Na classe econômica, dormi a maior parte do trajeto e, quando acordei, descobri que havia perdido as duas refeições que estavam incluídas no bilhete. Meu pai detestava desperdício, então perguntei à comissária de bordo de aparência regular e com dentes amarelados se tinha algo para eu petiscar. *Sabe, meu pai*, falei para ela, *ele teria ficado com fome, e eu ainda preciso respeitar os desejos dele*.

Não muito satisfeita, ela respondeu que veria o que podia fazer. Antes da aterrissagem, entramos num trecho longo de turbulência que impedia que qualquer pessoa na cabine se movimentasse livremente pelos corredores. De longe, ela me jogou um pacote de chips de maçã, com um alçar de ombros. As maçãs não estavam crocantes, mas farelentas e murchas. Ainda assim, comi tudo e guardei a embalagem.

*

UMA CONFUSÃO MUITO COMUM é a que se faz entre tratamento intensivo e tratamento emergencial. O último é caótico, costuma ocorrer no térreo, próximo à entrada de ambulâncias, em uma sala sem divisórias nem camas suficientes. Às vezes alguém grita, *Doutor!*, e, como ninguém responde, a pessoa continua gritando. O tratamento intensivo é o oposto. É o melhor atendimento que o hospital pode oferecer, e a sala é silenciosa, a não ser pelo som das máquinas, alarmes que disparam e são desligados. Assim como os radiologistas conhecem suas imagens, os médicos de UTI conhecem suas máquinas: as que colocam oxigênio para dentro de um paciente, o poderoso respirador; as que limpam o seu sangue, máquinas de diálise; as bombas, conhecidas como *drippings*, que fornecem remédios e sedação direto ao coração por meio de um cateter venoso central. Muitas máquinas precisam de vários tubos. O tubo endotraqueal que desce pela garganta e vai até o respirador para transportar o ar, o tubo nasogástrico que vai até o estômago, levando alimento, o cateter retal para fezes, uma sonda para a bexiga etc. Controle de fluidos é essencial. Fluido demais entrando, e o corpo incha. Fluido demais saindo, e o corpo ficar desidratado. Na minha entrevista, três anos atrás, o diretor perguntou por que eu escolhera trabalhar na UTI, e respondi que eu gostava da pureza, da sensação de controle total. *As máquinas podem nos dizer coisas que as pessoas que estão ligadas a elas não podem*, falei. Eu gostava quando os enfermos não ficavam muito tempo conosco, mas, pelo período em que ficavam, nós dávamos o nosso melhor.

Uma velocista, eu me descrevi. A ideia de cuidados longitudinais não era para mim.

O diretor elogiou minha honestidade e, na mesma hora, me ofereceu o cargo de médica especialista. Mais do que qualquer outra autoridade que eu já encontrara antes, ele parecia acreditar em mim e concordou com meu ponto de vista sobre as máquinas. A partir daí tive a certeza de que nos daríamos bem.

Em qualquer especialidade, espera-se que um médico especialista lidere e guie os recém-formados e os residentes em suas carreiras. Para me tornar uma especialista, eu havia treinado durante doze anos. Meu trabalho era o de ensinar a ler as máquinas, e uma pergunta que eu gostava de fazer era como tal paciente estava interagindo com sua máquina, como era essa relação. Se um paciente se digladiava, paciente e máquina perdiam a sincronia. Se eles dançavam, havia sincronia entre os dois. Normalmente, o paciente se digladiava. Nossos impulsos inatos de respirar e dançar sozinho são fortes.

Eu ensinava de três a cinco horas por dia, em média; as demais horas eram passadas fazendo supervisão. Procedimentos que eu costumava fazer na metade do tempo, eu observava alguém fazer no dobro do tempo. Se aprender requer cometer erros, então ensinar requer observar pessoas diferentes cometerem os mesmos erros. Ensinar era um *déjà-vu* incessante, mas fundamental. Cimentava a ideia de que éramos todos iguais – altura e peso não importavam, e a possibilidade de fracasso (ou sucesso) não estava muito longe de ninguém.

Para agilizar o processo de ensino, eu tinha o hábito de imprimir folhas frente e verso e, durante as rondas da manhã, o som pelo qual eu esperava e do qual mais gostava era o da minha equipe de oito pessoas, farmacêutico incluído, virando suas páginas em uníssono e na hora certa. O som me fazia lembrar do vento, que me lembrava de estar ao ar livre, o que não era meu caso.

Na reunião de feedback do meu primeiro ano, o diretor me perguntou se eu estava gostando da minha nova função ali.

Eu respondi que sim.

Você respeita a sua equipe?

Sim, na maioria dos dias, eu contei.

Ele elogiou minha franqueza mais uma vez. E quis saber se havia mais alguma coisa com a qual pudesse me ajudar. Qualquer coisa.

Como parte da minha proposta de contratação, me fora dada minha própria sala particular. Mas eu não gostei do seu eco, ou do quanto precisava caminhar da UTI até lá, da cafeteria para a sala, de lá para outra sala, perdendo tempo.

Um espaço menor, de localização mais central, vem junto com as pessoas, o diretor advertiu. *Você vai ter que dividi-lo com seus colegas, é isso o que quer?*

Disse que eu gostaria de tentar.

Logo fui realocada para uma sala compartilhada com outros especialistas. O hospital tinha centenas de médicos, mas apenas dez para três UTIs. À minha esquerda e direita ficavam Madeline e Reese. Antes de eu chegar ali, eles haviam ouvido rumores a meu respeito, todos os quais verdadeiros.

A sala individual foi para um cardiologista mais velho que também escrevia livros filosóficos sobre a morte. Tentei ler um, mas desisti. Os livros eram grossos demais, cem páginas só de índice. A morte era inevitável, eu não sabia o que mais havia a ser dito.

*

COMO FOI LÁ NA CHINA?, Reese perguntou na manhã da segunda-feira, depois que regressei. Ele estava indo para a UTI cirúrgica, enquanto eu ia para a cardiológica. Passamos um pelo outro no corredor de equipamentos.

Transmiti a mensagem da minha prima, de que o país havia mudado. Os prédios eram mais altos e mais robustos, bem como as pessoas. A obesidade logo seria um problema, já que alimentos estavam por toda parte, junto com celulares de última tecnologia. Todo mundo tinha um celular, e todos o usavam para fazer pagamentos. A economia funcionava sem moeda.

Mas como está sua família?

Questionei o porquê de ele querer saber.

Você nunca fala sobre eles, ele respondeu. *E de repente acontece essa coisa horrível. Fico me perguntando se você e seu pai eram brigados. Havia uma lacuna geracional ou cultural? Uma lacunazinha, talvez?* E, para ilustrar o quão minúsculo, Reese aproximou seu dedo indicador a um centímetro do dedão.

Contei que meu pai apoiava inteiramente minha trajetória.

E quem não apoiaria?, indagou Reese, em pé com as duas mãos acima do cinto, numa pose que ele chamava de "posição de poder". *Temos grandes trajetórias, nós dois, não são muitas as pessoas que podem fazer o que fazemos, mas, digamos de outro jeito, qual sua memória mais querida dele? Seu pai.*

Comecei a dizer algo, mas, então, eu me esqueci da lembrança e do resto dos meus pensamentos.

Não é de se admirar, Reese comentou.

Não é de se admirar o quê?

Ele não me respondeu e então mudou de assunto rapidamente.

Há quanto tempo você está solteira?, ele perguntou.
Minha vida toda.
Nenhum namorado, nunca?
Fiz que não.
Que incrível. Nenhuma paixão na escola? Ficadas de uma noite na faculdade?
Respondi que estivera ocupada.
Mas você não estava estudando o tempo todo.
Na verdade, estava. Perguntei se ele pensava que eu ser solteira poderia ter algo a ver com a minha personalidade.
Não há qualquer problema com a sua personalidade.
Talvez minha aparência.
Você é bonita.
Eu ri porque sabia de que tipo de mulher Reese gostava: as que têm cílios de verdade. Ele é que era bonito e apessoado o suficiente para ter sua foto enfeitando três das brochuras do hospital sobre cuidados intensivos. Já acontecera antes: um familiar de alguém chega da sala de espera mostrando um dos nossos folhetos azuis. *Este médico se encontra?*, perguntam, apontando para a fotografia, porque só querem o melhor, apenas aquele rosto institucional da Medicina para seu ente querido inconsciente e sedado.
Não me entenda mal, Reese acrescentou, *mas você é incrível, não deveria precisar procurar tanto. Qualquer cara seria muito sortudo. Não eu, infelizmente, nós nos conhecemos bem demais e sou loucamente apaixonado pela Madeline. Mas me diga se eu puder ajudar.*

*

AQUI ESTÁ NOSSO REFRÃO, como em qualquer UTI: *Está sofrendo de SDRA, senhor/senhora? Em caso afirmativo, nós podemos ajudar.*
O que é SDRA?
Sim, senhor/senhora, entendemos. Acrônimos demais, tempo de menos.
SDRA é a Síndrome de Desconforto Respiratório Agudo, ou a inflamação severa de seus pulmões.

*

CADA UTI TINHA UMA PERSONALIDADE. A UTI cardiológica tinha seus cardiologistas, muitos homens entrando para falar sobre eletrofisiologia e aparelhos minúsculos para colocar no coração.

A UTI cirúrgica tinha seus cirurgiões e anestesistas, médicos que escreviam os bilhetes mais curtos e mais incompreensíveis. Bilhetes que me lembravam de haikais, e, como eu não era uma pessoa muito literária, eu chamava meu tempo nessa unidade de poesia difícil.

A UTI médica era a minha favorita. Sem especialidades ou subespecialidades, era só eu e minha equipe, o que significava que tinha total autonomia; eu tinha o andar para mim. A UTI médica atendia todo tipo de caso, e as possibilidades infinitas, estar no controle, mas totalmente no escuro, era o meu lance.

Essa unidade também era o lar do ECMO, uma membrana de oxigenação extracorpórea, ou a minha máquina favorita de todos os tempos. Com 1,22 m de altura, 37,5 kg, e tubos que se estendiam para fora de seu próprio corpo e para dentro de uma pessoa, o ECMO só vivia em hospitais e valia o mesmo que um sedã de luxo. Para manter alguém vivo, essa máquina promove a circulação cruzada nos pulmões e no coração das pessoas. Sangue era tirado do paciente por um tubo e levado até o ECMO para ser limpo, oxigenado e devolvido. Uma pessoa em um ECMO poderia estar sedada ou acordada. Um paciente poderia caminhar com seu ECMO como se fosse um amigo no qual se apoiar, mas também com o qual se arrastar. Duas semanas no ECMO era a média; qualquer coisa além disso, um mês ou meses, significava uma má notícia.

Como era possível que engenheiros humanos tivessem criado o ECMO?, eu me perguntava. Essa máquina quadrada sobre um carrinho raramente necessitava de manutenção, ao passo que em todos os banheiros públicos em toda parte, metade das torneiras automáticas não funcionava e o único dispenser de papel-toalha não entregava toalhas.

Quando encontrei Madeline mais tarde, ela estava me passando anotações para a minha ronda na UTI médica, e eu disse a ela que não era coincidência para mim que ECMO fizesse um som parecido com Elmo, aquele Muppet adorável com a boca gigante que abria e fechava. Eu me via como sua amiga, como amiga do ECMO, ECMO Faça Cócegas.

Você precisa parar com essa antropomorfização, disse Madeline.

É verdade que eu pensei em colocar uns olhinhos autoadesivos no ECMO, ou desenhar um rosto.

Enquanto falava para Madeline sobre olhos autoadesivos, como um par deles consegue deixar qualquer coisa engraçada, até mesmo uma máquina que bombeia sangue, eu também estava comendo um bagel com cream cheese de morango. De repente, ela se inclinou sobre mim, e pensei que ela havia caído ou desmaiado, mas só estava tentando me abraçar. Como eu não estava perto de nenhuma mesa, ou largava o bagel no chão ou não retribuía o abraço. Deixei o bagel cair no chão, com o guardanapo e o prato de papel, já que Madeline nunca havia sido tão amigável antes.

Se você precisar conversar, ela disse, no meio do abraço.

No trabalho, Madeline era uma monstra, usando só os dedos para ensinar, nada de folhas impressas, e ela conseguia fazer uma reanimação de um jeito impecável.

Tentar uma reanimação era tentar o algoritmo da morte, uma série de compressões no peito e injeções de adrenalina que tinham uma chance em quatro de trazer uma pessoa de volta.

Parar com a reanimação era parar o algoritmo da morte e anunciar três em quatro vezes que a pessoa havia morrido.

Quando o abraço terminou, apanhei o bagel e limpei a sujeira cor-de-rosa do chão.

*

COMO MÁQUINAS, OS MÉDICOS especialistas tinham uma escala de trabalho com duas semanas de intervalo a cada vez. Nos dias de folga, não era possível falar com eles, pois não se sabia onde estavam. Mas, quando estavam em serviço, ficavam totalmente no trabalho, acessíveis a cada segundo do dia, servindo sua unidade, a menos que estivessem dormindo.

Eu detestava não estar de plantão, mas tinha duas semanas de folga no início de outubro. Estivera trocando mensagens de texto com Madeline sobre o meu dilema, o de que, depois de limpar meu apartamento e comprar comida, apenas um total de dois dias haviam sidos gastos, com mais doze dias vazios ainda por vir.

Ela me perguntou o que eu pensava sobre ter filhos – era um jeito ótimo de passar o tempo, já que se tratava de trabalho 24 horas por dia e não remunerado.

Respondi que meu irmão não para de me perguntar a mesma coisa. Minha cunhada. Reese uma ou duas vezes. E às vezes pessoas que eu nem conhecia direito.

Era uma piada, Madeline esclareceu, *de uma mulher de 30 anos e sem filhos para outra.*

Dois anos mais nova do que eu, Madeline acabara de fazer 34. Ano crucial para as mulheres, com a janela reprodutiva se fechando e, já que ela ainda não sabia se haveria crianças no seu futuro, minha colega havia congelado dez óvulos. *Você congelou?*, ela perguntou. Eu não tinha congelado. *Não é tarde demais*, ela disse. Mas só se eu quisesse, e, se ela algum dia decidisse não ter filhos, eu poderia ficar com os óvulos dela.

Mas aí meus filhos poderiam ser loiros, comentei.

Sim, ela respondeu. *Ter filhos é um risco.*

Pensei em como Madeline se tornara íntima depois de apenas um abraço. O que aconteceria depois de dois?

Ao tentar me ajudar a encher meus dias, ela perguntou quais eram meus interesses: *Algum hobby como ouvir música ou ler, algum tipo de arte?* Disse que eu poderia visitar um museu ou voar até uma ilha tropical ou adotar um peitoril inteiro de plantas.

Todas ótimas ideias, mas nenhuma ensejava iniciativa. Eu não era uma pessoa criativa ou tropical. Era difícil entender as plantas e museus demandavam muita leitura.

Então do que você gosta?

Considerei a questão e finalmente respondi que gostava de ficar em pé por horas a fio.

Então vá dar uma caminhada, ela sugeriu. *Faça um pouco de exercício.*

Pareceu uma boa. Me vesti e saí. Comecei a dar voltas na quadra em sentido horário.

*

MINHA VIZINHANÇA ERA ESTRANHA no sentido de que era a intersecção de outras três: Harlem, Columbia University e Upper West Side. Tinha um mix de creches Montessori e lojas de bebidas, condomínios reluzentes e multimilionários a duas quadras de prédios enormes e marrons para moradores de baixa renda. Durante o verão, a área era barulhenta. As pessoas tocavam música nos alto-falantes de seus carros e disparavam fogos de artifício à noite. Às vezes os fogos de artifício podiam soar como bombas, porque eram bombas. E todos os dias, uma gangue de motos passava zunindo, amarelo neon com listas roxas, uma *scooter* patriótica de três rodas: vermelha, branca e azul. Se eu estivesse em casa durante o dia, ouvia pelo menos uma hora de buzinas de carros vinda de qualquer uma das ruas de mão única trancada por uma van parada em fila dupla. Ocasionalmente acontecia algum crime, roubo de pacotes, baterias de carros removidas, uma briga doméstica arrastada para a rua, chamando uma pequena multidão. A cada poucos anos, um carro passava atirando, tendo uma pessoa específica como alvo. A morte ganhava espaço no noticiário daquela noite e a rua ficava em silêncio, apenas para se recuperar na manhã seguinte.

Então a área oferecia alguns perigos, embora nunca tenha me sentido insegura. A vizinhança também estava mudando, com casas residenciais antigas sendo derrubadas para dar espaço para prédios mais luxuosos e lojas que ficavam vazias por meses a fio.

Caminhei até a catedral que ficava junto ao hospital e a uma avenida do Morningside Park. Inacabada e uma das maiores do mundo, a catedral de São João, o Divino, tinha torres e contrafortes com arcobotantes góticos, enormes placas de granito e calcário, que subiam ao céu e eram rajados de marrom. Em seu portal principal pendia um aviso grande sobre pavões. A igreja era o lar de três pavões que exploravam livremente o terreno. NÃO ALIMENTE, dizia o aviso em letras maiúsculas. NÃO TOQUE.

Quando começou a garoar, e então a chover, me virei e voltei.

Meu próprio residencial tinha uma aparência imponente. Um prédio clássico do pré-guerra, de dez andares, com 36 unidades e construído no mesmo ano em que o Titanic afundou. A entrada tinha um toldo preto com uma saia preta ao seu redor. O toldo atravessava toda a largura da calçada e, de longe, me lembrava a aba comicamente longa de um boné. As amenidades do prédio incluíam um porteiro 24 horas e o porteiro dos dias de semana – o porteiro-chefe, que chamava os moradores de *senhorita*, *senhora*, *senhor*, e me chamava de *srta. Joanna*. Eu gostava do nome; não me importava em ser ela. Mas, desde o dia em que fui para a China, senti um novo estranhamento entre nós. Aquele dia, no lobby, ele me viu com minha pequena mala e disse que minha aparência estava especialmente boa. *Onde são as férias?*, ele perguntou. *Onde fica a praia?*

Contei a ele sobre o meu pai, o que o instou a tirar o chapéu de capitão e segurá-lo solenemente contra o peito. Eu nunca tinha visto o porteiro sem chapéu e, naquele momento, descobri que ele era careca.

Srta. Joanna, que coisa terrível perder o pai tão jovem.

Falei que eu não era tão jovem.

Devastador. Sinto muito.

Disse que ele não precisava se desculpar; *como poderia ter sabido?*

Cinco minutos estranhos se passaram. Então meu carro para o aeroporto chegou e eu entrei.

Depois da minha volta, para evitar novas interações estranhas com o porteiro, eu entrava e saía do prédio pela porta dos fundos, a que não tinha um toldo. Mas havia me esquecido do acesso do porteiro às câmeras de segurança e sua atenção aos detalhes. Seus 1,93 m e 95 kg estavam me esperando nos fundos, e ele se levantou para me cumprimentar. Educado e articulado. Mas frequentemente desejei que ele fosse educado e articulado com outra pessoa e que eu pudesse apenas admirar de longe.

Como foi o seu dia, srta. Joanna?

O correio chegou. Acredito que há algumas coisas para a senhorita.

Que lástima que a senhorita esteja molhada agora. Eu devia ter comentado sobre a chuva. Devia ter lhe emprestado meu guarda-chuva.
Posso lhe emprestar meu guarda-chuva na próxima vez?
Posso lhe atualizar sobre as pancadas de chuva?
Posso leva-la até os elevadores?
Ele me levou até os elevadores enquanto eu me espremia contra a parede de mármore do saguão, desejando poder ser absorvida. Ele me disse que eu não devia fazer aquilo. Eu não devia me esfregar contra superfícies de pedra como um pano de limpeza, e deveria, isso sim, caminhar com segurança e determinação.
Posso apertar o botão para a senhorita?
Posso abrir a porta?
Ele apertou o botão do elevador para mim e, quando o elevador chegou, abriu a porta. Agradeci e deslizei para o canto esquerdo, ao fundo, encolhendo os ombros. Ele me disse que aquela posição não serviria. Eu precisava ficar no meio do elevador, como a pessoa importante que eu era, como os homens e as estrelas de cinema fazem quando entram em elevadores, subindo todo o trajeto até a cobertura. (Nosso prédio não tinha uma cobertura; academia de ginástica e lavanderia ficavam no último andar.)
Não sou tão importante, falei.
É, sim.
Me movimentei para o centro e fiquei tão ereta quanto possível, com o pescoço bem esticado.
Agora sim, ele disse, e me fez um aceno. Então ele me contou que, a partir daquele dia, o 9B tinha um novo locatário. Eu morava no 9A e o 9B era o apartamento do outro lado do corredor, que ficara vazio por meses. Já que do sexto ao nono andar só havia duas unidades por andar, fora só eu, sozinha naquele andar por todo aquele tempo. O porteiro perguntou se eu queria saber mais sobre o novo locatário. Declinei. *Bem, é um rapaz falante e solícito que tem perto da sua idade e não parece ter uma esposa*, ele contou. *O quê?*, perguntei. *Parabéns*, disse o porteiro, apertando o botão do nono andar e tirando a mão da porta. *Cuide-se, srta. Joanna, e boa sorte.*

*

OS ANTIGOS LOCATÁRIOS DO 9B eram um casal recém-casado e sua gata. Nunca vi a felina, mas diziam sempre que ela estava por lá. Quando, num sábado, eles me convidaram para jantar, percebi que todos os móveis eram de madeira sólida e elevados a um palmo do chão sobre finas pernas de metal. *Linhas limpas*, comentei, e o casal se apresentou como sendo arquitetos que haviam eles próprios decorado o apartamento. Estavam me olhando com expectativa, então falei que não sabia nada sobre Feng Shui. Assassinei a pronúncia de propósito e falei como imaginei que o fariam, para deixá-los mais confortáveis. *Fun-sway. Balançar e se divertir, que coisa frívola para se fazer.* O marido imediatamente me corrigiu.

Você quer dizer fēngshuǐ, *ou vento-água*, ele explicou em voz baixa, já que havia estudado mandarim por um semestre na faculdade. Ele conhecia um punhado de caracteres e sabia escrever seu nome em chinês com um pincel de caligrafia tradicional.

Fantástico, elogiei. *Mas o que é um punhado?* Era tipo dez? Ou cinco? *Nenhum dos dois vai levá-lo muito longe.*

O marido olhou para a mulher, que estava procurando algo no celular.

De que música você gosta?, ela perguntou.

Fiz que sim.

Quero dizer, que tipo, ela replicou.

Respondi que qualquer estilo, pois não tinha bom gosto. O jantar foi rápido e terminou em menos de uma hora. Embora eu tenha elogiado seu jogo de talheres, nunca mais recebi um novo convite.

Um ano mais tarde, eles tiveram o primeiro filho, um menino, e dois anos depois, uma menina. Uma tarde, ao passar apenas pela esposa e sua bebê no corredor – e tendo me esquecido sobre seu filho –, eu disse à esposa, *meninas são melhores*. Na média, meninas são mais pontuais e organizadas. Têm uma caligrafia melhor, a menos que se tornem cirurgiãs. Aí o instinto cirúrgico anula a menina.

Como está a gata?, eu perguntava, até que a esposa finalmente me contou que a gata havia morrido, ela tivera câncer.

Que perda, lamentei, porque eu ainda não tinha conhecido a gata e agora nunca mais iria.

Depois de se tornar pai, o marido se transformou num acessório permanente da lavanderia do décimo andar. Mas, às vezes, ele não tinha roupas para lavar e só ficava sentado ao lado das lavadoras, jogando no celular. Certa noite, a esposa veio até a minha porta e me perguntou se eu vira o seu marido, que parecia ter se perdido. As pontas dos seus dedos estavam tremendo. Ela tinha manchas marrons na camisa. Respondi que ele provavelmente estava na lavanderia atacando zumbis espaciais pelo celular. Seu rosto relaxou, então se endureceu. *Com que frequência ele faz isso?*, ela me perguntou e eu disse que não sabia bem, mas que ele sempre estava por lá quando eu ia, sempre junto à máquina sete, com um moletom gasto com capuz azul. Ela pegou as escadas e correu até lá, dois ou três degraus por vez.

Nas semanas antes de se mudarem, para um subúrbio de Nova Jersey, a família me evitou totalmente. Sempre que eu entrava na lavanderia, o marido saía, mesmo que eu tivesse lhe pedido em chinês para esperar. A esposa ainda me dava um oi, mas, ao mesmo tempo, empurrava para longe o carrinho duplo de bebê. Assim que o carrinho batia em uma parede, as crianças choravam, e a esposa, fosse por que razão fosse, se virava e acenava.

*

O SUJEITO SEM ESPOSA DO 9B tinha um nome, e nós nos esbarramos um dia após o porteiro ter me desejado boa sorte, no depósito de lixo do nosso andar, enquanto Mark achatava as caixas da mudança. Tudo nele era mediano: 1,75 m de altura, 76 kg, um rosto comum, como o meu, situado em algum lugar entre incrível e horroroso.

Comentei que aquele não era o melhor jeito de rasgar papelão – ele tinha que rasgar no sentido da fibra, e não contra ela.

São só caixas, ele me respondeu, e eu disse, *E daí que são caixas, caixas também merecem respeito.*

Daí em diante nos encontrávamos. No saguão. Junto às caixas de correio. Novamente no corredor, enquanto esperávamos ao mesmo tempo pelo elevador.

Pode ir nesse, ele oferecia.

Não, você, eu respondia.

Ele estava carregando uma enorme estante de livros que, conforme me explicou, iria vender para os outros moradores lá embaixo.

Insisti que ele pegasse o elevador.

Ok, vou pegar.

A estante não ia caber e, assim que me dei conta disso, após observá-lo se digladiando com ela – *você precisa de ajuda?*, perguntei, e ele me respondeu que tinha tudo sobre controle, *só mais um empurrãozinho*, porém ele estava ofegante, e dava para contar todas as veias no seu pescoço – *que tal eu pegar este elevador desta vez, daí você pode descansar um pouco, beber um pouco de água, então desmontar a estante e tentar de novo.*

Ele contou que coubera antes, quando se mudara.

Respondi, *sim, mas provavelmente foi por milagre, e milagres não se repetem.*

Bem, já estou com metade no elevador.

Consegue tirar essa metade para fora?

Quando finalmente consegui descer até o saguão depois daquele fiasco, o porteiro perguntou se o sr. Mark e eu já estávamos apaixonados.

Respondi que não. E perguntei o porquê da pergunta.

Suas bochechas estão bem vermelhas.

Não é de amor, falei, cobrindo as bochechas com as mãos, apertando-as para livrá-las da cor.

Mas imagine só. Digamos que vocês dois se apaixonem, então nem precisariam se mudar. Numa noite fria de inverno, ele poderia cozinhar para você um delicioso cassoulet de pato e a senhorita nem precisaria colocar um casaco.

Expliquei que, em vez de amor, o que havia feito minhas bochechas corarem foram chateação e uma discussão sobre o elevador.

O porteiro agitou o indicador na minha direção e alertou: *Não seja preconceituosa. Sempre se esforce para ser a noiva.*

*

UMA BATIDA. A CAMPAINHA. Abri uma pequena fresta na porta e não vi ninguém, mas encontrei uma torta sobre o meu capacho, junto com um bilhete do 9B que dizia que, no final das contas, a estante coubera, e, embora ele tivesse sentido que começamos mal, lá estava uma torta de chocolate e nozes que ele mesmo fizera.

Peguei a torta e a examinei. Mordisquei a crosta e esperei por vinte minutos. Tinha me dado um barato? Verifiquei meu hálito. Eu tinha morrido? Verifiquei meu pulso. Nenhuma dessas coisas, então, numa noite, comi o resto da torta. Coloquei a forma de volta no capacho dele com um bilhete de agradecimento.

Quando nos vimos de novo no corredor, o clima havia mudado. Esperei pacientemente enquanto ele rasgava suas caixas, corretamente desta vez, e depositava o seu lixo.

Perguntei por que ele tinha tanto lixo. *Tem alguma doença?*
Ele quis saber se eu era médica.
Sim, respondi.
Mesmo?

Esperei pela agitação de sempre quanto a minha profissão e o inevitável questionamento sobre se poderia falar comigo primeiro, caso tivesse dores ou desconforto. Mas Mark não me fez essa pergunta e, em vez disso, fez algo que me levou a gostar ainda mais dele. Deu de ombros para o fato de eu ser uma médica, como se não fosse nada demais, como se fosse só mais uma profissão, o que era o caso. Para explicar o lixo, ele contou que era um ávido cozinheiro amador. Para bolos, pães e confeitaria, ele podia usar até duas dúzias de ovos por semana. Gostava de cozinhar para outras pessoas e fazer pequenas reuniões íntimas em que todo mundo come e se diverte.

Um cheiro bom tinha surgido no nosso corredor, de algo crescendo no forno ou borbulhando no fogo. Cebolas e tomates salteados. Pão recém-assado.

Uma batida. A campainha. Abri uma fresta na porta e lá estava ele de novo, com outra pergunta sobre o prédio – *os canos de água são sempre tão barulhentos? Todos os queimadores do seu fogão funcionam?* –, perguntas que levavam a outras perguntas sem qualquer relação ao que ele primeiramente viera perguntar.

Lê livros?, ele perguntou.

Balancei a cabeça em negativa.

Você precisa ler este.

Ele mostrou o título e eu assenti.

Então você já ouviu falar nele.

Fiz que não.

Ele disse que estava se perguntando se deveríamos dar juntos uma festa de boas-vindas.

Falei que eu não queria fazer isso.

Por que não?

Disse que eu não gostava de festas.

Quem não gosta de festas?

Eu.

Você?, ele indagou, e fechou seu olho direito por um breve momento, possivelmente para piscar. Então ele caminhou lentamente de ré, pelo corredor, com o rosto ainda virado para mim. *Poderia ser divertido. Poderia ser ótimo. Pense nisso, você.*

Por mais estranho que o meu novo vizinho fosse, uma coisa incrível sobre ele era que, enquanto ficava na minha porta, quinze minutos a cada vez, conversando, ele nunca fazia perguntas sobre mim. Se eu era casada, se tinha filhos, se queria me casar, se queria ter filhos, ou como era a minha vida. Ele parecia não se importar. Aliviada de qualquer expectativa sobre como responder, eu podia simplesmente ouvir e *fun-sway* na minha cabeça. Se o meu cérebro de serviço consistia em trincheiras, então meu cérebro de folga era uma campina. Se eu era parte trincheira, parte campina, então o Mark era um carrossel. Ele podia continuar e continuar sem avançar para lugar algum.

Ele costumava trabalhar no mercado de edição de livros e quando contou isso, eu comentei, *uau, edição de livros*, porém eu não conhecia ninguém no mercado de edição de livros nem nada sobre essa área.

É, eu fazia parte de uma casa, ele disse casualmente, como se esperasse que eu ficasse impressionada.

Uma casa?, perguntei. *Uma casa e não um prédio?*
A casa ficava em um prédio, dois andares inteiros.
Oh. Mas eu ainda não entendi direito.

Ele contou que o trabalho em si era estimulante, com muitas pessoas de pensamento parecido por perto, mas que a vida corporativa o entediava, e ele não gostava da sensação de ser uma engrenagem.

Gostava ou não gostava?, perguntei, esperando que tivesse ouvido errado. Engrenagens eram essenciais e uma experiência com a qual todos podiam se deleitar.

Não gostava, ele enunciou. Ele detestava essa sensação. Então largara o emprego no ano passado para trabalhar de casa como editor e consultor freelance.

Mark vivera no West Village, no Hell's Kitchen e nas ruas 80 e poucos do Upper West Side, mas nunca tão ao norte como agora. Ele gostava de experimentar bairros diferentes e aguardava com curiosidade o que cada nova experiência podia lhe trazer. Perguntou sobre o nome oficial do nosso bairro e eu respondi que não tinha, ao que ele observou que não podia ser verdade. Se você morasse em um lugar tão cheio de vida como este, era preciso acertar o nome, senão as pessoas suspeitariam que você estava tentando obter crédito imerecido por sua rua.

Falei para ele que eu não tinha crédito de rua, então me perguntar sobre isso era inútil.

É, mas digamos que ainda quisesse conversar sobre isso, digamos que fosse nosso dever cívico descobrir. Aquela área era realmente Upper West Side ou, mais especificamente, Manhattan Valley ou Morningside Heights ou SoHa?

SoHa?, perguntei.
Southern Harlem.

Falei que eu não conhecia esse acrônimo.

Ele reclamou sobre ter coisas demais. Nessas primeiras semanas, sempre que eu o via, Mark se perguntava como, apesar de todas as mudanças, conseguira acumular três exemplares do mesmo livro, utensílios de prata em dobro, copos, fornos holandeses, frigideiras, sacolas de compras reutilizáveis e mixers elétricos. Doravante, uma resolução. Ele queria ser, ou pelo menos aspirar a ser, uma pessoa com menos coisas.

Então, do lado de fora de sua porta, ele começou a deixar caixas cheias que, ao final do dia, tinham desaparecido. Através do olho mágico, eu via outros moradores chegarem e inspecionarem os itens, então levarem-nos embora. Alguns até mesmo batiam na porta dele para conversar e, sem exceção, Mark convidava o morador para entrar ou lhes oferecia comida feita em casa.

Por algum tempo sua resolução parecia estar funcionando, até que Mark mencionou que sua vertiginosa queda em matéria de utensílios domésticos agora o incomodava e que não fora talhado para ser minimalista. Depois disso pacotes começaram a chegar para o 9B, em pilhas no chão, e sempre que eu o via assinando a entrega no balcão, ele estava carregando grandes sacolas de compras, uma embaixo de cada braço.

Nosso corredor do nono andar tinha uma janela que era equidistante do 9A e 9B e que se alinhava perfeitamente com a janela do banheiro de um prédio adjacente, a menos de um braço de distância. Se eu abrisse esta janela, poderia tocar o tijolo daquele prédio, poderia tocar no vidro. Várias vezes ao dia, o mesmo homem no nono andar do outro prédio costumava se sentar no seu banheiro, na privada e, portanto, entre nossas duas janelas, emoldurado por elas, como se fosse uma pintura antiga. Eu o apelidei de Homem Enorme, porque, mesmo após três anos, ainda não tinha nenhuma ideia do seu peso ou altura. Ele se sentava na altura dos olhos, sem se mexer, seus próprios olhos virados para baixo e com uma meia pendurada em cada ombro nu.

O constante fluxo de entrada no 9B e o fluxo de saída de coisas velhas me lembravam, sim, de um carrossel, mas também de pessoas que gostavam de comer enquanto no banheiro, embora eu nunca tenha visto o Homem Enorme comer.

*

HAVIA DUAS CORRESPONDÊNCIAS na minha caixa de correio hoje. A primeira, uma brochura do Shen Yun num trio de cores:

dourados, vermelhos e verdes – absolutamente o maior show do mundo, um *must*. (Eu nunca tinha ido a um show do Shen Yun, mas recebia folhetos o tempo todo, junto com panfletos chineses sobre Jesus e Falun Gong, sobre os terríveis males, como retirada de órgãos humanos e cárcere, que aconteciam a cada segundo no solo chinês. Não sei como essas pessoas encontraram o meu endereço, mas estar nesses *mailings* era um exercício de dissonância cognitiva: por um lado, a história de quatro mil anos da minha mãe-pátria era gloriosa, mas, por outro, a China moderna era o que havia de pior, então, por favor, volte-se para Jesus.)

A segunda correspondência era uma brochura do West Side Hospital da cor da nossa identidade visual, de um azul oceânico tranquilizante com uma fonte branca. *O West Side Hospital se importa com a sua saúde*, dizia. *Venha descobrir mais sobre a abordagem multidisciplinar, interdisciplinar, baseada em evidências de nossas equipes de profissionais da saúde.*

Mas se você for, não estaria doente ou visitando um paciente? Alguém vai até um hospital para descobrir mais sobre a própria fortaleza?

Uma vez ouvi um paramédico dizer que trabalhar em uma ambulância era como participar de um show. As luzes, os sons e, se você faz o trabalho direito, a glória.

Na parte da frente da brochura estava a imagem familiar de Reese que eu vira espalhada pelo hospital, em mesas de canto, cadeiras, enfiadas em displays de acrílico fixados em paredes das salas de recepção. Distinto, com uma aparência experiente, mas sem estar cansado, com seu jaleco branco e estetoscópio reluzente, posando com montes de máquinas ao lado de uma cama imaculada e vazia.

*

NÃO FORA A GLÓRIA QUE ME ATRAÍRA para trabalhar na área da saúde, mas a chance de sentir a mais pura e completa labuta em minha busca por ser útil. Eu precisava me sentir totalmente exaurida após o trabalho, senão não pareceria que eu tinha trabalhado. Estar assim nas trincheiras era uma delícia, mas também significava que o céu estava totalmente escuro quando eu entrava no hospital assim como quando eu saía. Então, ao passar pela grandiosa catedral, cuja fachada estava iluminada por luzes artificiais, eu me dava conta de que não vira a luz do sol. O sol nascera e se pusera naquele dia, e supostamente em todos os dias daquela semana, mas eu não havia pensado nisso nem uma vez.

Conforme o diretor contara ao me contratar, eu era uma artilheira e uma nova cria de médica, brilhante e capaz, mas sem interesses além de trabalhar e dormir. Perguntei se ele estava tentando me elogiar ou insultar. *Elogiar*, ele respondeu. Pois ser uma artilheira era bom. Doença é guerra e, na guerra, artilheiros operam a artilharia.

Fosse qual fosse a razão, o diretor ainda gostava de me elogiar. As observações vinham espontaneamente, sem aviso, e a situação geral deixava eu me sentindo pior, como se ele pensasse que eu precisava do elogio, senão colapsaria. Mas falei "obrigado" durante a conversa ou "de nada" depois? Falei absolutamente nada ou só deixei que ele continuasse?

Na minha primeira sexta-feira de volta ao trabalho, por volta das 15 horas, o diretor fez uma visita à sala compartilhada quando nenhum outro médico especialista estava lá, a não ser eu. De acordo com o protocolo, os especialistas eram chamados para falar com ele. A sala de um diretor era muito mais agradável, e nosso diretor, em especial, detestava intervalos entre duas reuniões.

Perguntei se eu estava em maus lençóis.

De jeito nenhum, ele disse, e se sentou empoleirado na ponta da minha mesa como um pássaro profissionalmente vestido de 1,68 m de altura e 67,5 kg. Ele prosseguiu e disse que naquele ano o meu trabalho havia sido mais do que satisfatório, que, como no ano anterior, eu me superara etc.

Ouvi. Sorri. Senti meus dentes ficarem frios por não poderem ser recolhidos de volta para dentro da boca.

Quando os elogios acabaram, ele disse que quis dar uma passada e se certificar de que eu estava bem para trabalhar e que não precisava de mais tempo de folga.

Falei que acabara de passar duas semanas sem fazer nada.

Mas você precisa de mais tempo?

O diretor nunca havia me perguntado isso antes, então eu perguntei se tinha a ver com o meu pai.

Fiquei sabendo sobre o seu pai, sim, mas isto não tem nada, ou pelo menos muito pouco, a ver com ele. Disse que se eu precisasse de mais tempo para processar, absolutamente não era uma questão. Ele poderia simplesmente fazer o Doutor Olhos Azuis trabalhar mais.

Doutor Olhos Azuis era o Reese, mas não podíamos mais chamá-lo assim em público desde que o departamento pessoal informara num treinamento que não haveria mais apelidos pejorativos ou zombarias sobre outros colegas ou outras especialidades. Sem mais "dermatologia é perfumaria" ou "ortopedistas são cabeças-ocas". Embora minha questão principal com o apelido do Reese era que, na verdade, ele tinha olhos verdes, não azuis. Lembrei o diretor daquele detalhe, e ele brincou, dizendo que eu estava ficando mole.

Mole não, falei. *Precisa.*

Nós rimos.

Então, tudo certo?, ele perguntou.

Assenti. A essa altura, achei que o diretor iria embora, mas ele permaneceu empoleirado na minha mesa com um olhar distante.

Segui seu olhar até um canto vazio da sala. Fiquei preocupada que ele estivesse tendo uma convulsão ou vendo um fantasma.

Senhor?

Era incrível para ele que eu tivesse ido à China para um final de semana. Ida e volta, em apenas 48 horas. *Extraordinário*, ele disse. Mas o que era ainda mais difícil para ele acreditar, e ele não queria ofender, apenas ser transparente, era que, embora soubesse que eu era etnicamente chinesa, ele não imaginava que ainda tivesse parentes por lá, muito menos um pai. Além disso, não fora a morte repentina que chamara sua atenção, mas o pensamento de que eu tivesse um pai. Talvez ele nunca tivesse me imaginado na relação com um pai, embora eu obviamente tivesse um – todo mundo tinha um pai, até mesmo uma criança com duas mães; fazia sentido, biologicamente.

Olhei para trás, para o canto de novo, que ainda estava vazio, mas agora me preocupei que ele tivesse visto o fantasma do meu pai e que eu o tivesse perdido.

Isto está saindo errado, o diretor continuou, acenando com a mão diante do rosto como se para apagá-lo.

O movimento me lembrou daquele brinquedo Traço Mágico e de como, ao limpar a tela, você tinha que sacudir com força o aparato cheio de pó de alumínio.

Para confortá-lo, contei que durante toda a semana eu tive o mesmo pensamento sobre o sol. Eu me esquecera dele a semana inteira, embora o mundo fosse perecer sem ele.

Certo, mas pais são bem diferentes do sol, não são? Sóis. Filhos. Ícaro devia ter dado ouvidos ao pai e não ter voado tão próximo.

Eu não entendi muito bem a tergiversação do diretor e perguntei se ele estava tentando bancar o erudito. Ele limpou o rosto de novo e disse que estava só tentando, sem sucesso, quebrar o gelo.

Então, como ele era? O seu pai.

Cara normal, falei. *Nada fora do normal.*

Meu diretor disse que tinha dado uma olhada na minha ficha.

Ah, é?

Sei que a sua mãe ainda mora lá na China, mas você tem um irmão aqui nos Estados Unidos, em Greenwich. Não é muito longe.

Não mesmo.

Vocês dois se dão bem?

Bastante. Amo o meu irmão. Nos conhecemos em Wichita.

Conheceram? Quer dizer, foi lá que você nasceu?

Não, eu nasci em Oakland.

E ele?

Ele provavelmente diria que em Connecticut.

E como ele é?

Meu irmão? Um cara como qualquer outro.

*

ESPERA-SE QUE UM CARA como qualquer outro, aqui nos Estados Unidos, se mude cerca de 11,4 vezes na vida. Sabe-se lá o que esperam de uma mulher como qualquer outra. De Wichita, nós nos mudamos para Scranton, Pensilvânia. De Scranton para Bay City, Michigan.

Mais uma cidade pequena do que cidade grande, Bay City era o último lugar em que moraríamos juntos como família, e por apenas dois anos. Então, contando minhas mudanças em Massachusetts, de dormitório estudantil para dormitório estudantil e mais tarde para Nova York a trabalho, eu estava ligeiramente abaixo da média, com onze.

Durante minha infância e adolescência, nós nos mudávamos por causa do meu pai. Sua empresa dos sonhos era na área da construção, como uma empresa que vendia lonas, especificamente lonas impermeáveis usadas para cobrir construções ainda não terminadas. Mas onde quer que tentasse começar o negócio, nenhum banco lhe emprestava o dinheiro necessário e a empresa fracassava. Ele podia parecer suspeito: bochechas magras, olhos bem pequenos e profundos; alguns fios de bigodes muito longos que brotavam em volta da boca. Sempre que o negócio fracassava, meu pai desistia do estado em questão. *Hora de começar do zero*, ele dizia, *hora de desbravar*.

Meu pai era um otimista. Para o número três, ele tocava o dedo indicador no polegar, o mesmo gesto para fazer um *okay*.

As únicas rotas de negócio disponíveis para meu pai eram ou abrir um restaurante chinês ou uma loja de conveniência, nenhuma das quais o interessava. Não havia tempo suficiente (ou dinheiro) para voltar a estudar e obter um MBA, que era o que ele julgava ser o problema, não sua aparência, mas a ausência de diplomas americanos. Ele aceitava empregos provisórios, lavando pratos em restaurantes, entregando jornais, paisagismo, supridor de prateleiras de lojas, enquanto minha mãe limpava casas. Pessoas comuns, meus pais. Que criaram dois filhos comuns.

Mas, como pais comuns, eles ainda eram diferentes de muitos jeitos. Eu poderia ter contado a Reese essa lembrança sobre o meu pai, mas ele não teria entendido.

Um ditado chinês: "Bater é amar, repreender é amar". Se eu tivesse explicado isso a Reese, ele não teria entendido o que eu queria dizer. Ele teria reagido e me julgado. *Que tipo de amor é esse? Que tipo de pais você teve?*

Quando meu pai estava bravo com alguma coisa, ele podia me repreender por horas, mas depois se oferecia para me comprar um sorvete. Minha mãe também podia me repreender durante horas, mas sem sorvete depois, e, enquanto me repreendia, ela podia desempenhar outras tarefas, como se mover agilmente num quarto para juntar uma grande porção das minhas coisas. Ela podia colocar minhas coisas em um saco plástico e dar um nó duplo nele. Depois ela colocava o saco em uma prateleira alta. Olhando em retrospecto, minha mãe estava tentando fortificar algo em mim. Uma pessoa não deveria sentimentalizar nem acreditar que algo é precioso. Mas em um mês, haveria dois ou três sacos naquela prateleira e inevitavelmente todas as minhas coisas teriam sumido.

Eu não fui uma criança fácil. Quieta, reclusa, desastrosamente atrapalhada. Derrubava o xarope para tosse enquanto o tomava, o líquido vermelho tingindo o carpete encardido do nosso imóvel alugado, impossível de tirar. Não podíamos contar ao senhorio, então minha mãe colocou um tapete sobre a mancha, depois me repreendeu e eu tive todas as minhas coisas colocadas em sacos plásticos.

Sobretudo, minha mãe queria saber por que eu não podia ser uma criança mais feliz. *Por que está olhando para mim desse jeito?*, ela me perguntava, mas eu não tinha olhado para ela de nenhum jeito. Lá estávamos nós, em um corredor de supermercado, em qualquer mesa, em um carro, só ela e eu, minha mãe no assento do motorista, passando veloz por campos de milho, quilômetros de terra plana, olhando não para mim, mas para a estrada à frente.

Que jeito?, eu perguntava.

Como se eu te devesse algo, como se tivesse feito alguma injustiça com você, de algum jeito.

Uma pessimista, uma especuladora constante. Tivesse minha mãe sabido como eram os Estados Unidos, talvez não emigrasse. Não fosse uma imigrante, ela poderia ter aproveitado o fato de ser uma mãe. *Criar você tirou metade da minha vida*, ela dizia. *Você é a prova viva de para onde foi essa metade.*

(Químicos já sabem disso. Todos os elementos da tabela periódica se desintegram e, em meia vida, metade do elemento original, chamado núcleo pai, se desintegra para um elemento diferente, ou o núcleo filha. Nada de núcleo filho, é claro. Nenhum filho poderia jamais ser o subproduto de uma desintegração radioativa.)

Bater é amar: No último dia em que estive na China, eu tentei abraçar minha mãe e ela se encolheu, mas então trouxe uma mão sobre o meu ombro e começou a dar tapinhas nas minhas costas como se eu estivesse me engasgando. Retribuí com tapinhas nas costas dela e minha mãe continuou a bater nas minhas. Rimos secamente por alguns segundos. Eu me lembrei de compressões no peito, as que precisamos fazer durante as reanimações. Deve-se sempre manter a calma. Mas também deve-se estar disposto a quebrar todas as costelas da pessoa a fim de mantê-la viva.

*

DURANTE MEU PLANTÃO NOTURNO, um número desconhecido com o código de área de Connecticut me mandou uma mensagem com a frase: *É a sua mãe*. Ignorei a mensagem, por causa de todos os spams nos dias de hoje, e porque minha mãe estava na China.

Eu estava aos pés da cama de um homem de 80 anos a quem tentávamos reanimar, o que, no final das contas, não ocorreu. Dez anos mais velho do que o meu pai e eu o vira morrer, pois observara seu monitor cardíaco, mas, com máquinas, havia sempre um paradoxo: se eu estivera observando o monitor, será que realmente o vira morrer? Mais tarde, fiz o teste da morte. Verificar as pupilas e o pulso, fechar a mandíbula. Ninguém chorou. A família não estava lá. Então eu me sentei na estação da enfermagem, em um dos computadores, para anotar a hora da morte e começar o cuidado *post-mortem*. O corpo precisava ser ensacado e levado embora, a área desinfetada e arrumada para a próxima pessoa. Durante este intervalo, meu celular tocou de novo com o mesmo número e eu atendi. Eram 2 horas da manhã.

É a sua mãe, disse uma voz que se parecia com a dela. *É tarde, mas preciso conversar com alguém. Estou num* jet lag *terrível*.

Minha mente mudou rapidamente do modo hospital para a vida real. Era tão simples quanto trocar de uma língua para outra, de inglês para chinês, sendo que meus pais e eu sempre nos comunicávamos nesta última.

Mas o seu número, falei. *Diz que você está ligando de Connecticut. Que é onde eu estou. Senão por que eu teria um* jet lag? *Greenwich? Você está agora em Greenwich, Connecticut?*

Está cortando, ou algo assim?, ela perguntou. *A ligação não está boa?*

Está muito boa, respondi.

O seu irmão. Ele me coagiu. Ele esfregou bilhetes de avião na frente do meu rosto.

Fiz mais algumas perguntas: *Quando você chegou? Por que ninguém me disse nada? Por quanto tempo vai ficar? O inverno? Está aí para passar o resto do inverno? Por que não havia me dito? Como sabia que eu estava acordada?*

Estou contando para você agora, ela respondeu. *E você está acordada, não está?*

Para as outras perguntas ela não deu bola, como se referiam à logística, eu que confirmasse com outra pessoa, como o Fang. Ela só precisava de alguém com quem bater um papo, reclamando que todo mundo em Connecticut, todo mundo naquele estado minúsculo, estava dormindo.

Bater papo é *liáotiān*, ou literalmente "tagarelar sobre o céu". Nos últimos dezoito anos, as ligações com a minha mãe serviam apenas para o fornecimento de informações, e até mesmo quando morávamos na mesma casa não era do seu feitio me procurar só para jogar conversa fora.

Se você não conversar com ninguém, Mãe, se só ficar deitada quietinha, então você vai pegar no sono.

Não, não vou. E não estou cansada, ela disse. Ela contou que iria dar início ao nosso *liáotiān* com um monte de coisas legais. Todas as crianças gostam de ouvir coisas legais e todos os adultos são crianças, no fundo.

Joan-na, eu teria ido morar com você, mas você não tem filhos. Eu teria jogado conversa fora com você antes, mas não queria fazê-la perder tempo. Mais mães deveriam aprender a abrir mão, e o que desejei para você foi uma vida ocupada. Agora que tem isso e uma carreira de sucesso, deveria me agradecer por ser sua mãe e não um peso na sua vida.

Depois de eu lhe agradecer, ela disse que eu havia amadurecido, uma segunda coisa legal. Pais ficam sem energia, pais imigrantes sobretudo, e uma vez que Fang realizara todas as suas expectativas, ela temeu que eu, a segunda filha, seria quem iria se rebelar. Histórias de horror. *O filho mais novo destrói suas chances de ser um fedelho decente e rói os ossos do filho mais velho*, que era a frase literal. *Mas graças a Deus você não se tornou uma dessas e agora ganha o próprio dinheiro. Uma mulher precisa ganhar o próprio dinheiro, porque sem dinheiro não há poder, e uma mulher precisa de poder.*

Olhei para o relógio do meu monitor. Eram 2h23. Então 2h24.

Ela perguntou se eu a ouvira.

Falei que sim. Mas ela já me dissera tudo aquilo antes.

Quando?

Desde que me conheço por gente, durante toda minha infância, na verdade. Seu medo de que eu não amadurecesse andava de mãos dadas com sua esperança de que eu algum dia detivesse poder. Porque ela não tinha poder algum e ser uma mãe imigrante era uma semivida.

Esqueça que eu disse essas coisas, minha mãe falou agora. *Foram ditas em tempos difíceis, você precisa entender. Bem, continuando, eu gostaria de apoiá-la, já que estou aqui, então fique à vontade para me ligar a qualquer hora, mesmo se eu não atender. Deixe uma mensagem, quero dizer, e retornarei a ligação em menos de uma hora. De toda forma, sou grata por você, então vamos continuar a nos falar.*

Eu não sabia que minha mãe podia falar assim e imaginei que tivesse algo a ver com meu pai.

Perguntei se ela estava triste.

Eu, triste? É essa mesmo a pergunta que você está fazendo?

Eu disse que era só uma pergunta. O luto era um processo necessário e havia muitas brochuras de salas de espera sobre isso.

Ela disse que eu precisava trabalhar minha habilidade de *liáotiān*.

O que vai fazer amanhã?, perguntei.

Vou conhecer o resto da casa do seu irmão. Ela bocejou e eu recomendei que ela voltasse para a cama.

Ela disse que não podia fazer isso antes que desligássemos e não podia desligar antes de mim. A fim de fornecer mais apoio, ela havia prometido para si mesma que pararia de desligar o telefone quando falasse com os filhos. Então, se eu pudesse desligar, isso seria o ideal.

Mas eu também não quero desligar primeiro. Não é muito filial.

Você tem a minha permissão.

Não consigo, falei, preocupada que minha mão simplesmente caísse depois que eu desligasse o telefone.

Por que isso aconteceria com a sua mão, Joan-na? Você é um zumbi, por acaso?

O humor era um mecanismo de enfrentamento, diziam os folhetos, mas nunca mencionavam quanto tempo depois de uma morte na família era apropriado usar a palavra *morto*. Quando ainda assim não consegui desligar o telefone antes de minha mãe, ela me disse para contar até três com ela e, no três, nós encerramos a ligação no mesmo momento.

Depois disso, a enfermeira próxima a mim, que estivera sentada ao meu lado o tempo todo, disse que não sabia que eu falava chinês. Instintivamente pedi desculpas e, quando ela pareceu confusa, pedi desculpas por deixá-la confusa.

Não, é legal que você fale, ela disse.

Houve momentos na escola em que meus colegas pediam que eu traduzisse alguma frase boba do inglês para o chinês para provar para eles que eu podia fazê-lo, e então, depois de me ouvir falar em chinês, diziam que eu parecia estrangeira.

Fiquei esperando que a enfermeira fizesse isso, mas claro que ela não o fez, já que era uma boa pessoa e uma boa enfermeira, e éramos duas adultas.

*

AS PREOCUPAÇÕES DE MINHA MÃE não haviam sido infundadas. Quando criança, eu tinha um risco entre médio a alto de não amadurecer – muitas idas à sala de atendimento psicológico e uma persistente falta de amigos.

Minha primeira psicóloga, em Scranton, me perguntou se eu tinha pensamentos sobre me machucar. *Você não sorri*, ela disse, *e se você não sorri, como é que as pessoas vão saber o que está se passando nessa cabeçona?*

O Coringa sorri muito, respondi.

O Coringa não existe de verdade, ela disse.

Que eu sempre respondesse às perguntas de um jeito estranho era uma das razões para eu ser mandada à sala dela, para começar.

Preocupações preocupantes, e professores escreviam nas minhas fichas de avaliação que, embora minha performance acadêmica fosse excelente, eles não sabiam muito sobre mim, e minha personalidade era um mistério. Comparada com outras crianças, eu era muito quieta e muito tímida. Por que eu nunca falava em público? Ou participava de discussões em grupo? Ou por que nunca tinha nada a acrescentar?

Porque eu tinha um volume limitado de coisas a dizer. Melhor destilar nossas palavras num único ponto, eu pensava, razão pela qual eu sempre admirara listas de itens e agulhas.

Mas quando eu disse essa última parte sobre agulhas, um outro psicólogo pensou que eu estava usando drogas recreativas. Ele começou a enunciar o nome de drogas específicas, perguntando quais delas usara, um alfabeto inteiro que eu desconhecia. Só consegui dizer que a lista dele daria um belo livro infantil, de advertência, mas educativo.

O psicólogo Número Três, de Bay City, suspeitou que eu iria me encontrar mais tarde. *A faculdade foram os melhores anos da minha vida*, ele disse. Ele se juntara a uma fraternidade e conhecera sua mulher. *Essas coisas também podem acontecer com você. Mas uma sororidade*, ele esclareceu, *e um marido*.

O consultório do psicólogo Número Três era coberto por insígnias da faculdade estadual, sua *alma mater*. A insígnia era um elmo verde, do tipo usado em batalhas na Grécia Antiga. Nosso estado deixava a desejar do ponto de vista acadêmico, mas a faculdade era campeã de esportes todos os anos. O psicólogo Número Três não praticava esportes, mas continuava a ser um fã mais que zeloso.

Sobre a sororidade e o marido, eu disse, *vou ter que ver*. Mas, assim como meu irmão, eu escolheria uma faculdade bacana bem longe de onde fora criada e num estado onde eu nunca tinha vivido.

Aos 18 anos, me deixaram em Harvard e, em poucos meses, meus pais haviam vendido a maior parte de suas coisas e deixado o país. A velocidade e o estilo da partida deles me fazia lembrar daqueles desenhos animados antigos, a última frase: *Isso é tudo, pessoal!*

Haviam me preparado, várias vezes eu ouvira que em algum momento meu irmão e eu precisaríamos cuidar um do outro e aprender a viver sozinhos. Mas será que eu continuava a ser filha de imigrantes se, tecnicamente, eles tinham voltado ao país de origem?

De volta a Xangai, meus pais finalmente se tornaram pessoas de classe média alta. Toda China estava em reconstrução e toda China precisava de lonas impermeáveis. Quando meu pai me visitou na última primavera, ele disse que, na próxima vez que viesse à cidade, o que esperava que fosse logo, se o novo cliente desse certo, ele reservaria mais tempo para mim e até estacionaria seu carro alugado. Na primavera, ele não havia estacionado. O estacionamento do hospital custava 17,99 dólares a hora, e ele não podia ficar a hora inteira, então o preço por minuto se tornava exorbitante. Então ele deixou seu carro alugado ligado, com o pisca-alerta ativado e à vista da mesa no saguão onde conversamos.

Você precisa de dinheiro?, ele indagou, e eu respondi que não, mas mesmo assim ele enfiou uma nota de 100 dólares novinha em folha na minha mão. *Na próxima vez, você me conta tudo sobre isso*, ele disse. O "isso" podia ser o que fosse – o dia, o trabalho, a vida. Igual quando eu estava na faculdade e recebia uma ligação de dois minutos do meu pai, de um trem ou do portão de embarque de um avião – *na próxima vez você vai me contar tudo sobre a faculdade, e eu vou lhe contar tudo sobre a minha viagem.*

Não havia muito a contar sobre a faculdade. Harvard foi intensa, mas algumas partes foram divertidas. A cada primavera havia shows ao ar livre e churrascos. Uma enorme mesa de banquete corria todo o comprimento do pátio e ficava cheia de cachorros-quentes e todos os tipos de condimento. A cada primavera havia jogos de futebol, um em especial contra uma instituição rival na não muito distante Greenwich, Connecticut, com a qual tínhamos uma longa história. Meu irmão cursara Yale e todos os anos, durante meses antes do grande jogo, ele perguntava se eu queria ir. Ele e seus colegas de Finanças compravam duas fileiras de assentos VIP e acessórios da faculdade novinhos.

Eu fui?

Não, nunca. Como nenhum dos dois times era bom, a concentração começava às 7 horas da manhã, e eu conseguia estudar mais ou menos o tempo todo. Ia da biblioteca à sala de aula e só voltava ao dormitório para dormir. Eu não era próxima de nenhuma das minhas colegas de quarto, e quando elas decidiam se reunir em um quarto, eu ficava vagando por aí.

Estudar com tanto afinco tinha suas consequências. Fez eu me perguntar, por exemplo, se talvez eu fosse um gênio. Antes da faculdade de Medicina, eu cultivava a ideia de estudar Matemática Avançada, que era matemática para além dos números e dos cálculos chatos. Matemática Avançada resolvia tudo isso, tratava-se puramente de símbolos, provas e estilo. Provas matemáticas eram como quebra-cabeças. Mas eu levava uma semana para entender uma prova simples de uma página. Eu não era um gênio, afinal, mas uma garota que ainda podia ter esperanças.

Melhor não ser um gênio, disse meu irmão, que era muito mais dotado em matemática e que podia ter estudado Matemática Avançada se não desejasse tanto ser rico. *Claro, alguns gênios resolvem problemas insolúveis e ganham prêmios que ninguém mais consegue ganhar, mas ainda passam o resto de seus dias à cata de cogumelos.*

Meu irmão tinha um ponto. Era muito mais agradável e seguro comprar cogumelos em uma loja.

Fang era o que os seus futuros empregadores chamavam de "diamante bruto", possuía determinação de verdade, mas também era uma pessoa que sabiam que poderia ser moldada.

Eu era o que alguns chamariam, adequadamente, de "desequilibrada", ou o oposto de cultivada, e, aparentemente, ser uma garota desequilibrada em Ciências e Matemática era bom.

Meus sonhos de infância consistiam de castelos de pedra feitos só com torres e bandeiras coloridas flutuando, eu voando acima delas, sobre fossos e pastos verdes cheios de pontos brancos de ovelhas.

Assim que terminei a faculdade e as provações do ano inteiro em Física, Química, Biologia e Matemática, esses sonhos pararam. Então, como médicos recém-formados, fomos avisados de que o treinamento na profissão acabaria conosco. A curva de aprendizado era interminável, tipo beber água de um hidrante ou o engorde de gansos para fazer *foie gras*. Eu nunca tinha experimentado *foie gras* antes, nem queria ser essa ave, então fiquei com a analogia do hidrante, mesmo. Uma pessoa senta diante do cilindro e se agarra a ele. É atingida no rosto pelo conhecimento ao mesmo tempo em que suas feições são apagadas.

*

AO FINAL DO PLANTÃO, eu voltei ao meu apartamento para tomar uma ducha e então saí imediatamente, o cabelo ainda molhado, para a entrada norte da estação de metrô Harlem, 125th Street. Embarquei no trem para Stamford por volta das 9h15, e, em menos de uma hora, estava em Greenwich, Connecticut. Mesmo sem a placa, eu soube quando cheguei. O chão estava livre de lixo. O ar parecia limpo contra a minha pele. Latas de lixo estavam pintadas de verde militar. Eu estava faminta, mas do lado de fora da estação, em vez de quiosques de cachorro-quente e carrinhos de kebab, havia apenas revendedoras de carros. Eu poderia comprar um BMW novo ou um Lexus. Poderia visitar um fundo multimercado de um bilhão de dólares.

Durante a semana, às tardes, Fang trabalhava em um desses fundos, seus filhos frequentavam escolas particulares e Tami estava fora. Minha cunhada não trabalhava mais, mas se envolvia ativamente em eventos da escola e consultas semanais para autocuidado. Fang e Tami também gostavam de receber convidados e faziam três grandes festas todos os anos, a primeira das quais por volta do Dia de Ação de Graças.

Não falei a nenhum deles que eu estava a caminho naquela manhã, porque não queria que meu irmão tirasse folga no resto do dia para ir me apanhar, então me levar para passear de carro em

Greenwich pelo que se tornaria um passeio de uma hora. Belle Haven. A beira do rio. A nova loja da Tesla. *Você não se imagina levando uma vida próspera aqui?*, ele perguntava. *Não se imagina num Tesla?* Ele estava em uma lista de espera para comprar o próximo modelo, e por causa disso tínhamos feito juntos um test drive durante minha última ida para Greenwich. Achei silencioso demais, tão silencioso que o tempo todo eu me perguntava se o motor havia caído do veículo e ficado para trás. Então dirigir um Tesla era como chegar ao fundo do poço?

Catastrofizar. Pensar em possibilidades desastrosas baseando-se em uma pequena observação ou acontecimento pode levar a acreditar que o pior cenário é o que vai se desenrolar.

Se soubessem que eu estava aqui, Tami traria os meninos da escola mais cedo e encomendaria uma refeição elaborada para seu *chef*. Pediriam que eu dormisse lá. Porque, se eu tinha ido, não poderia não ficar para dormir. Eu teria de ficar e conversar com Tami e Fang sobre meus planos futuros. *Por que não abre um consultório particular em Greenwich?*, eles perguntariam. *Os médicos por aqui têm dois, às vezes três consultórios.* Greenwich era a segunda cidade mais segura de Connecticut, com um índice de segurança de 0,9 de 1 (o estado em si estava em 0,77). Ao passo que o índice do meu endereço era 0,46, ou um F, ou um fracasso total. Na China, as cidades são muito mais seguras do que os subúrbios, mas nos Estados Unidos é o contrário. *Você sabe disso, Jiu-an*, Fang diria, sendo Jiu-an meu nome chinês e também a chinesificação de Joan. *Você sabe disso*, então ele não entendia minha escolha de viver deliberadamente em um lugar que não era seguro. O que eu não gostava na vida suburbana? O que eu tinha contra árvores e mais espaço? Subúrbios representam família, e o coração dos Estados Unidos reside nisso.

Eu só catastrofizava perto da minha família. Eu nunca o fazia no trabalho. Nunca via uma espinha e pensava em morte em dois dias e meio. Embora um hospital fosse o lugar onde algo assim poderia acontecer.

Na estação de Greenwich, chamei um táxi.

A propriedade de dez acres do meu irmão era composta por uma casa principal, uma casa de hóspedes e uma garagem para quatro carros. A casa principal tinha mais do que 550 metros quadrados. Tinha seis camas, seis banheiros, uma escada estilo imperial, teto abobadado, uma piscina meio ao ar livre, meio coberta com uma sauna. A casa de hóspedes tinha dois quartos de dormir, dois banheiros e uma cozinha que dava para o jardim. O terreno tinha jardins perenes, uma quadra de tênis, uma quadra de basquete, uma parede de tijolos rústicos, uma ponte que atravessava um lago artificial que ocasionalmente era cheio de carpas, passarelas serpenteantes, e um gramado verdejante para diversões de verão sem fim. O vizinho mais próximo ficava do outro lado da rua, mas também a dois acres de distância, medindo da longa passarela de carros do meu irmão até a do vizinho.

A última vez que eu os visitara fora no início do verão passado, três meses antes do nosso pai falecer. Depois que fizemos o test drive no Tesla, Fang e eu voltamos à propriedade e Tami se juntou a nós no jardim, sob um quiosque de madeira, junto a seus jardins perenes. Eu podia ouvir meus sobrinhos gritando de algum lugar na propriedade, mas não conseguia vê-los. Os seus gritos de diversão eram indistinguíveis de gritos de dor e me fizeram lembrar de salas de emergência. Inspecionei minhas unhas e depois o gramado, um contínuo tapete verde. Perguntei a Fang com qual frequência eles cortavam a grama, e era com mais frequência do que eu cortava as unhas.

Mas não temos tempo de cortar nós mesmos, Tami disse atrás de um par de óculos de sol. *Temos pessoas para fazê-lo.*

Agora a gramado estava um pouco menos verde e as árvores tinham mudado de cor.

O taxista levantou o olhar para os frontões da casa principal enquanto dirigia. Ele disse: *A senhorita mora aqui?*

Eu respondi: *Oh, não, faço parte da equipe.*

Então me vi na porta da frente, batendo e soando a campainha durante o que se tornariam quinze minutos inteiros até que a empregada me deixou entrar. A empregada era diferente da governanta, que era diferente do zelador.

Na verdade, eu nunca sabia exatamente quantos empregados estavam no local no momento.

Onde está ela?, perguntei, e a empregada primeiro se ofereceu para pegar meu casaco. Eu disse que podia segurá-lo; não ficaria muito tempo. Então ela me levou até uma mulher que mal reconheci, sentada no canto de uma das salas que funcionavam como uma antecâmara para aqueles que tinham acabado de chegar. Minha mãe estava mais magra. Suas bochechas estavam encovadas e no seu rosto havia muitas linhas de expressão que não estavam lá antes. Perguntei se ela tinha desfeito as malas, e claro que tinha; no momento de sua chegada, a empregada havia levado suas três malas, uma por uma, escada acima. Cada traje foi passado e pendurado. O termostato no quarto de minha mãe, ajustado à temperatura fresca de 20°C de que ela gostava.

A casa é grande demais, minha mãe disse da salinha. *Eu não sei por onde começar.*

Sugeri a cozinha, e fomos até lá, onde liguei uma chaleira. Água quente era um artigo chinês de primeira necessidade. Até mesmo eu bebia canecos dela durante o ano inteiro por costume, e, agora, para obter conforto. Meus pais nunca conseguiram se acostumar à quantidade de água gelada que todo mundo bebia nos Estados Unidos nem entender por que até mesmo bebidas historicamente quentes, como café ou chá, precisavam ser geladas. Para a chegada da nossa mãe, meu irmão comprara várias chaleiras elétricas e as espalhara pela casa. Havia uma no quarto dela, para que à noite ela não precisasse descer no escuro. Atencioso, mas também lembrei de um ex-paciente que fora internado por falta de fôlego. Era da idade do meu pai, mas as semelhanças paravam aí. Branco e espadaúdo. Nem mesmo com uma máscara de oxigênio ele tinha dificuldade em contar ao médico recém-formado sobre a reforma em andamento de sua nova casa em East Hampton. *Tudo indo bem*, ele disse, sem ironia. *Minha mulher quer uma esteira elétrica em cada quarto, para não precisar se exercitar em um lugar só.*

Perguntei se minha mãe percebera todas as chaleiras elétricas. Como, com isso, Fang estava pelo menos tentando fazer com que ela se sentisse em casa.

Em casa tenho só uma chaleira, ela respondeu. *E não é chique como essas, é bem simples e velha. Seu baba é que fervia toda a nossa água.*

Nós nos sentamos lado a lado nos banquinhos altos, junto à enorme ilha da cozinha. Minha mãe segurava a xícara de água quente junto ao rosto e soprava o vapor da sua superfície como se fosse fumaça.

Perguntei se ela podia me fazer um favor.

Ela bebericou lentamente.

Será que poderia não falar aos outros sobre a minha visita?

Ela bebericou mais lentamente.

Estou falando sério, falei. Porque ela e Fang eram o par mãe e filho de catálogo. Eles conversavam um com o outro sobre tudo e raramente brigavam.

Para quem eu vou contar?, ela indagou. *Sua vida é problema seu.* Ela não ia se envolver.

Quando a água quente terminou, sessenta minutos haviam se passado e era hora de eu ir embora. Entrei em outro táxi para voltar à estação, e este táxi perguntou a mesma coisa: *A senhorita mora aqui?*

Contei que, por enquanto, minha mãe morava.

Então, para onde?, ele perguntou, enquanto descíamos pela passarela de carros até a rua.

Não respondi.

Spa? Clube campestre? Onde vamos, senhorita?

Não respondi.

Ele parou no acostamento depois de um sinal vermelho e deteve o táxi.

Ela está bem? Sua mãe?

Eu respondi que ainda não sabia, era cedo demais para dizer.

Só ela naquela casa grande, então.

Não, respondi. *Meu irmão também mora lá, minha cunhada, três meninos com menos de 10 anos e uma equipe rotativa de funcionários.*

Mas meu pai..., disse, e depois dessas palavras precisei olhar para fora da janela.

Entendo, o motorista disse e ligou o pisca-alerta. *Me avise quando estiver pronta.*

Vinte minutos depois falei que ele podia me levar para a estação.

*

NÃO HÁ QUALQUER LUTA REAL contra a morte, porque a morte sempre vai vencer. Mas a morte pode ser bem ou mal manejada.

A primeira morte que presenciei foi quando eu era criança. Minha mãe, que segurava minha mão, a soltou para me pegar e me levar para outro lado. Mas eu vi. Um atropelamento em que o motorista fugiu. O corpo do homem de rosto para baixo na lateral da rua, com sangue se acumulando em poças junto aos cotovelos e joelhos; a pele edemaciada, azul e fina, como sacolas de plásticos prestes a explodir. Uma morte mal manejada.

A morte do meu pai fora bem manejada. Na China, eu revisara todos os prontuários médicos, junto com um tradutor, desde check-ups de rotina dos últimos dez anos até o evento adverso em si, e considerei que o AVC foi manejado corretamente, com os remédios certos prescritos e os algoritmos certos seguidos. A doença não admite raciocínio, se resumindo a uma genética ruim ou má sorte, ou uma combinação dos dois. Toda morte era triste, mas em um hospital pelo menos ela estava envolvida num processo, e uma vez que o processo fosse nítido, a morte, embora sempre a vencedora, podia ser controlada.

*

UMA CORRESPONDÊNCIA ENORME que não coube na minha caixa de correio foi deixada no chão.

Um grande envelope acetinado, laranja queimado, ou ferrugem, ou bordo de outono, com meu nome escrito em letra cursiva e impressão em verde metalizado. O envelope estava amarrado a uma cesta de vime.

Eu estava sendo cordialmente convidada, ao final do mês, à celebração anual de Fang e Tami chamada Festa da Colheita. As atividades incluiriam passeio de caçamba de feno puxada por cavalos, um minizoo (cabras, pavões e pôneis), pintura facial (de volta, a pedido do público) e faça sua própria cornucópia. "Venha experimentar nossos coquetéis artesanais com os temperos da estação", o convite dizia. "RSVP duas semanas antes da data."

Na Festa da Colheita do ano passado não havia um minizoo.

Imaginei alguém com um moedor de pimenta acrescentando pó recém-moído a cada bebida.

A cesta vinha com 450 g de peras Royal Riviera, 900 g de maçãs da estação, 170 g de queijo cheddar, um paralelepípedo de bolo de cranberries e laranja, uma fatia de bolo de abóbora e condimentos, bandejinhas de nozes variadas (pecã, amêndoas torradas, castanhas-de-caju caramelizadas com mel), 450 g de *chutney* de cranberry e pera, 450 g de calda de caramelo.

Cabras tinham pupilas retangulares, eu sabia, e às vezes gritavam como humanos. Mas será que gostavam de *chutney* de cranberry e pera? Ou calda de caramelo?

Eu não sabia o que fazer com os molhos. As peras royal Riviera eu dei para o porteiro, queijos e nozes para Mark. Os bolos eu podia comer e em duas noites seriam história.

No dia em que a cesta chegou, Fang enviou uma mensagem de texto para saber se eu havia recebido.

Escrevi de volta, dizendo que a cesta chegara bem e fora na maior parte consumida.

Ótimo, ele escreveu. Então pediu meu RSVP para a festa.

Agora?, escrevi de volta.

Ok, ele respondeu. *Vou confirmar duas pessoas. Traga um amigo ou amiga. Quem você quiser.*

*

EU NÃO TINHA QUALQUER DECORAÇÃO na parede da minha sala de estar a não ser por um calendário gigante com quase metade da minha altura, ele continha apenas a grade das datas, só linhas e números, sem imagens. Quando o mês terminava, eu rasgava fora a folha do tamanho de meio corpo, e mais que a brisa das minhas folhas impressas, o calendário produzia certa satisfação.

Entreouvi, no elevador, um jovem casal que estava subindo até o nono andar comigo. Mesmo peso e mesma altura, este casal, mulher e homem ambos com 65 kg, 1,72 m de altura, e me perguntei se a semelhança os unira.

Livros, o homem estava dizendo para a mulher, *9B gosta de livros e cultura. Ele lhe diz sobre o que você poderia escrever e como deveria se ver neste momento cultural.*

Que momento cultural?, perguntei, e o casal se virou. Falei que morava no 9A, mas não tinha nada a ver com o 9B, só estava bisbilhotando, só curiosa.

A curiosidade matou o gato, disse a mulher.

Na verdade, foi câncer, falei, pensando no antigo gato do 9B.

O homem olhou para a mulher e vice-versa. Ambos me deram as costas e descemos no mesmo andar, mas fomos para lados opostos.

Ele de fato me recomendou vários títulos. Uma noite, deixou uma pilha de livros dos quais tinha vários exemplares, mas não conseguia suportar a ideia de apenas doá-los. Livros que ele lera na escola e que haviam sido úteis e enriquecedores na época. Não necessariamente seus favoritos, mas clássicos que todos deviam ler. A sacola estava pesada, e ele percorreu cada título comigo junto à porta, começando por *As vinhas da ira*, de Steinbeck.

Virei o livro e li a descrição: "Uma épico naturalista, narrativa cativante, romance de estrada, evangelho transcendental sobre a Grande Depressão".

As vinhas de quem?, perguntei.

Não, o nome do autor é Steinbeck. John Steinbeck.

Quando o fitei inexpressivamente, ele correu uma mão freneticamente pelo cabelo.

Dúzias de livros na sacola, alguns grossos, alguns finos. Tentei fingir que eu conhecia a maior parte deles. *Oh, sim, aquele*, eu dizia, apontando, sendo que a última aula de Ciências Humanas assistida por mim na faculdade fora a última vez que eu tive que ler um livro que não contivesse só fatos.

Uma página por dia, Mark sugeriu. *Mas vale a pena. Foi assim que finalmente consegui terminar o Proust.*

E eu respondi, *Eu também.*

Além de livros, ele tinha muitas ideias sobre a cidade e o tipo de pessoa que escolhia morar aqui. Nova York era realmente um caldeirão de culturas, mas o que caracterizava um verdadeiro nova-iorquino era isto ou aquilo, um sistema de crença unificado em prol da tolerância, do viva e deixe viver, que não podia ser replicado em nenhum outro lugar. Nova-iorquinos não eram rudes, eram bruscos, espirituosos, afiados; falavam exatamente o que pensavam, sem enrolação ou falsas gentilezas. A partir disso, de alguma forma, construímos nossos caminhos até os Yankees. Todo nova-iorquino tem uma opinião sobre eles, então qual era a minha?

Perguntei se ele estava falando comigo sobre beisebol.

Beisebol?, ele disse, sem parar de acomodar mechas do seu cabelo castanho atrás da orelha. Não pareciam mal ali nem ofuscavam qualquer coisa que ele tivesse dito. Castanho escuro com trechos mais claros, espessos e ligeiramente ondulados, sem frizz. A uma certa idade me disseram para parar de ficar mexendo com o meu cabelo em público, sobretudo enquanto falo. *Você não quer crescer para ser uma pessoa assim, quer?*, uma professora ou outro adulto me perguntou. *Uma mulher que brinca com o próprio cabelo enquanto fala é uma mulher que não deve ser levada a sério.*

Que outro esporte vale a pena assistir e discutir, ele continuou em uma voz mais grave e sombria. *Futebol americano é militante demais. O campo, a ideia de avançar jardas e ganhar terreno. Beisebol é mais perfeito sob todos os aspectos; não há defeitos neste jogo, razão pela qual é o esporte e o passatempo preferido dos Estados Unidos. Pense só em como o beisebol é pastoral. É sobre voltar para casa.*

Hum, falei, porque nunca havia pensado em beisebol desse jeito nem tinha nada profundo a dizer sobre esportes. Então será que uma pessoa precisava assistir a beisebol para que os Estados Unidos fossem sua casa? Nenhum dos meus pais assistira, nem tampouco consideravam este país sua casa.

Que eu não tivesse uma televisão também o surpreendeu.

Você não tem tevê? Mas como você assiste... Ele listou as coisas que eu supostamente deveria ter assistido, do passado e do presente.

Eu estivera ao largo da ubiquidade do noticiário NY1, programas de jogos como *Jeopardy!*, filmes famosos passados nesta cidade (*por onde começar?*, ele disse) e *sitcoms* famosos (*só um lugar por onde começar*). A série sobre o nada. Jerry e Kramer, dois vizinhos que vivem no mesmo andar, um de cada lado do corredor, como ele e eu, amigos de longa data que se metem em todo tipo de encrenca. E George, ele acaba trabalhando para os Yankees.

Quando perguntei se o programa era de fato chamado *Sobre o nada*, Mark caiu no que parecia ser um estado de choque catatônico. Então baixou o olhar, por muito tempo, para o meu capacho. Durante o tempo que durou o choque dele, pensei sobre capachos e como o meu era feito de uma trama fibrosa e, se eu lembrava bem o rótulo no lado de baixo, de peludas fibras de coco. Então, será que o meu capacho também tinha cabelo, já que caía continuamente, como o cabelo humano? Aqueles pobres cocos sacrificiais, cortados de suas árvores para fabricar tapetes para limpar os pés. O longo silêncio continuou. Toquei meu pescoço e senti o fluxo de ansiedade, senti que meu novo e culto vizinho estava prestes a me dizer que eu percebia o mundo de forma inteiramente errada.

O programa se chama Seinfeld, Mark respondeu, ainda contando os cabelos de coco do meu capacho. *De Jerry Seinfeld, e se passa no Upper West Side.*

*

DEVERIA TRABALHAR POR APENAS duas semanas em novembro, mas, quando um médico supervisor ligou no último minuto dizendo que estava doente, eu me ofereci para substituí-lo. Então Reese me perguntou se eu podia fazer o turno dele no feriado de Ação de Graças em troca de um dos meus turnos de dezembro. O dia de rechear o peru e devorá-lo numa festa era o favorito de sua mãe – porque era só um dia, conforme ele explicou, dedicado à família, e não como o Natal, que se tornava um trabalho de meio turno durante todo o mês de dezembro.

Ele disse que ele nunca faltara à festa de Ação de Graças.

Nem uma vez?, perguntei.

Trinta e três anos diretos, ele não tinha planos de começar agora.

Eu havia me esquecido de que Reese era um ano mais novo do que Madeline, embora a janela reprodutiva dele fosse bem mais ampla. Fazia sentido chamar de janela se, depois da puberdade, ficava aberta pelo resto da vida? Reese era o médico especialista mais jovem da UTI, mas em seu primeiro ano já fora parar nos folhetos, por causa de sua boa relação com o RH. Seja lá qual for a razão, nosso departamento de RH só empregava mulheres de meia-idade, a mesma idade, provavelmente, da mãe de Reese. Ele abria as portas para elas, acenava para elas nos corredores, ou passava em seus escritórios para uma conversa rápida. O balcão de recepção do RH sempre tinha um dispenser de M&Ms, e eu vira Reese ficar ali, conversando e puxando a alavanca como se fosse uma máquina caça-níquel, *cha-ching, cha-ching*.

Mas um médico que nunca perdera uma Ação de Graças era uma anomalia, e perguntei a Reese como é que ele havia conseguido fazer isso.

Ele deu de ombros. Sempre conseguia encontrar alguém para cobri-lo, sempre havia alguém disposto.

Quase retirei minha oferta, mas queria muito as horas dele. Eu queria fazer as horas de todo mundo, então não lhe ofereci nenhum dos meus turnos.

Quase um rito de passagem, perder todas as festas importantes, estar de plantão no final de semana e jamais disponível para a família ou os amigos. Um emblema de coragem ter perdido o casamento de um irmão ou uma grande crise de um amigo muito próximo, para lentamente se tornar a pessoa a que ninguém procurava imediatamente e, então, a pessoa que era a última a saber das novidades da vida dos outros. Do noivado do meu irmão com Tami eu só soube uma semana depois de acontecido. *Mas eu te liguei e mandei mensagem*, ele disse, e de fato o fizera. Até mesmo deixara uma mensagem de voz que eu tivera a intenção de ouvir mas me esqueci, e, embora estivesse brava comigo mesma pelo esquecimento, também estava ligeiramente orgulhosa. Porque como você poderia estar prestando grandes serviços a estranhos, se não tirasse aquele tempo de pessoas que não eram estranhas?

*

NA SEGUNDA SEXTA-FEIRA DO MÊS, eu fui chamada pela secretária do diretor para ir até o escritório dele, na ponta do vigésimo andar. O escritório era virado para o noroeste e tinha uma vista contínua do rio Hudson, de uma margem à outra. Diante da parede com a janela ficava uma parede com os diplomas dele, cinco e sem perspectiva de parar, pendurados em diferentes tipos de molduras marrons. O último diploma era um MBA que ele fizera on-line. Da última vez que eu estivera ali, o diploma estava impresso, mas não pendurado. Agora estava em uma moldura mais enfeitada do que seus diplomas de Medicina e mestrado em Saúde Pública.

Ele também tinha um doutorado. Antes da faculdade de Medicina, ele estudara Linguística em Oxford, uma história que ele gostava de contar aos novos recrutas nas recepções, durante os drinques.

Medicina era um chamado, ele dizia, *e às vezes você precisava esperar por este chamado enquanto construía outra carreira. Não entre correndo na Medicina, senão você vai ser infeliz; encontre novos interesses, desafie a si mesmo com o desconhecido etc.*

Impressionada por sua trajetória, seus diplomas, eu uma vez perguntara ao diretor quantas línguas ele falava, e ele me respondeu que a questão da Linguística não era essa. O campo tratava do estudo das línguas, não de algum idioma em específico. Ao descobrir que ele não conhecia nenhuma outra língua, fiquei ao mesmo tempo decepcionada e confusa. Até mesmo alguém como eu, além da maioria das pessoas do mundo, sabia inglês e uma segunda língua.

Estava preocupada que eu estivesse sendo chamada por ter trabalhado por quatro semanas consecutivas. Embora o diretor se importasse com a produtividade, o departamento de RH do hospital estipulava limites e ultrapassá-los era pesadamente desencorajado. Mas meu horário insano de novembro não foi mencionado, e ele logo passou a fazer elogios sobre como eu fora uma pessoa firme nesses últimos anos e essencial ao programa de tratamento intensivo.

Ele perguntou sobre os meus planos para a Ação de Graças e contei que não ia a lugar algum, já que estaria de plantão.

Bom saber, ele disse, e falou que gostaria de poder dizer o mesmo. O diretor estava indo para Westchester para ver os familiares de sua mulher. *Ela gosta de festas tradicionais*, explicou. *As crianças gostam de sair da cidade*. Que ele tivesse uma mulher (e filhos) me causou surpresa, e já que a imitação é a mais sincera forma de bajulação, usei o mesmo movimento do Traço Mágico que ele usara comigo anteriormente quando perguntou se eu tinha um pai.

Você tem uma esposa?, perguntei, apagando meu rosto. Eu não sabia sobre ela, mas fazia perfeito sentido biológico. *E com a ajuda dela, você se tornou pai. Que notícia maravilhosa.*

As crianças já eram grandes, estavam na faculdade ou quase lá. Ele as listou por idade e pude imaginar miniversões dele enfileiradas logo atrás. Agora que estava estabelecido que nós dois tínhamos familiares, ele perguntou se eu queria um café da sua máquina de Nespresso.

Eu disse que só bebia o café do saguão.

Eles têm mesmo um café bom lá.

O melhor. Foi onde meu pai e eu conversamos pela última vez.

Ele esteve aqui?

Sim, mas só no saguão.

O diretor pediu desculpas outra vez: *Não ter se despedido adequadamente do seu pai, isso deve ter sido duro.* Eu disse que era de se esperar. Mesmo com a velocidade da viagem internacional, às vezes simplesmente não é possível chegar rápido o suficiente.

Bom, trago boas notícias, ele anunciou e começou a girar uma caneta entre o indicador e o dedão como um bastão de agitadora de torcida.

Por um átimo de segundo, eu pensei que ele ia dizer que meu pai ainda estava vivo, que estava lá embaixo esperando por mim no saguão depois de ter gasto 17,99 dólares para estacionar.

Você se vê neste hospital a longo prazo?, ele me perguntou. *E o que mais posso fazer para facilitar isso?*

Eu disse que sim, que me via, mas que meu irmão pensava que eu estava desperdiçando minha vida. *Faz anos que ele sugere que eu me mude para Greenwich e dirija um hospital lá.*

Você com certeza poderia fazê-lo, o diretor disse lentamente, mas agora a caneta-bastão estava girando mais rápido. *Qualquer lugar teria muita sorte em tê-la, mas você quer dirigir o seu próprio hospital? Para fazer algo do tipo, precisaria de um MBA. Reuniões e política tomariam conta de sua vida, se encontrar com lideranças do hospital. Suspeito que nada disso seja interessante para você.*

A pequena boca do diretor estava se movendo, mas eu também estava observando a vista atrás dele, em hipnóticas camadas. Luz cinza, luz invernal, mas mesmo através da neblina, dava para ver a distante ponte George Washington cheia de carros e caminhões, barcos passando por baixo, um avião voando acima.

Greenwich é homogênea demais, ele acrescentou. *Um médico é tão bom quanto mais experiência tem.*

Concordei.

Então, você quer de volta sua sala individual?, ele perguntou.

Falei que achava que não.

Ele esfregou cuidadosamente toda a testa, como se estivesse coberta de suor, só que não estava. Então mencionou um aumento e me deu uma estimativa do que o hospital estaria disposto a investir em meu futuro.

Fiz ele repetir o valor, já que era muito alto. Então perguntei se ele realmente estava me oferecendo tanto assim e se era algum tipo de propaganda enganosa. Mesmo se o aumento fosse de um dólar, eu não me ofenderia.

Então você está ofendida?, ele questionou, clicando repetidamente o topo da caneta-bastão.

Você tinha intenção de me ofender?, perguntei.

Ele levantou a palma da mão direita, rendendo-se, ou como se estivesse prestes a fazer uma súplica. Espelhei a mão dele e levantei a minha também.

Ele perguntou se eu tinha alguma pergunta.

Respondi que não, não agora.

Então por que sua mão estava levantada?
Por que a sua estava?
Olhe, ele respondeu, baixando a mão, *não quero que você pense que isso tem relação com seu pai.*

Os elogios recomeçaram e tentei manter meus olhos abertos, mas a sensação era de estar sendo colocada no caminho de um trem em movimento. Que eu fosse capaz de focar no trabalho tão rapidamente apesar da morte de um genitor, e sem interrupções, demonstrava um grande caráter. Falando claramente, ele gostaria de ver meus esforços recompensados e pessoalmente acreditava que médicos como eu eram o futuro. Se tivesse mais dois como eu, ele poderia reduzir significativamente o número de outros funcionários e melhorar nosso ranking.

Já ouviu falar em fitas cassete?, ele perguntou.

Respondi que sim, mas acabou que sua pergunta era retórica e ele continuou como se eu não tivesse dito nada.

Pode ser que seja jovem demais, mas fitas cassete ou áudio cassete ou só cassetes tinham dois lados, A e B. Tinham uma fita magnética analógica que você podia fazer avançar e recuar ao enfiar o dedo no buraco de um dos rolos, que tinha uns dentinhos pequenos.

Era como ele via minha constante e reconfortante presença no hospital. *De Joan A a B,* ele disse, *então de Joan B para A.* Eu ser uma fita era música para seus ouvidos.

Por que parar numa fita cassete, falei, *já que havia uma quantidade sem fim de objetos inanimados que eu poderia ser? Que tal Joan a laranja? Uma laranja sendo espremida por horas para fazer um copão de suco refrescante que o hospital podia beber.*

Ele perguntou outra vez se havia me ofendido.

Não, de forma alguma, respondi. *Pelo contrário. Estou entusiasmada.* E eu estava.

Você não parece entusiasmada.
Mas estou.

O diretor disse que podia solicitar um aumento maior.

Desculpe?

Ele disse que eu era dura na negociação, o que era um elogio, mas definitivamente podia me conseguir mais dinheiro. *Quero que você fique chocada com o valor*, ele disse. *Quero ouvi-la dizer um palavrão. Tipo:* fuck. *Um fato interessante, a maior parte dos palavrões do inglês se baseia em padrões de som de consoantes plosivas. O som de f em* fuck *é possível segurar por muito tempo, mas o som de k não se pode segurar, e é isso o que dá força à maior parte dos palavrões ou xingamentos. Fonoestética, sabe o que é?*

Eu não sabia.

É a sensação sonora por trás de uma palavra. Como as sílabas são arranjadas para evocar uma emoção ou pintar uma pintura. Hummingbird,[1] *por exemplo, tem uma grande qualidade bocal, soa como o próprio pássaro voando por aí, e, por muitas razões linguísticas, nunca poderia ser um palavrão.*

Falei, *sim, senhor*. Mas, honestamente, eu estava perdida. As asas de um beija-flor podiam bater um número insano de vezes por segundo, então segurar um na boca parecia bastante doloroso.

Então sua secretária de longa data veio para nos avisar que tínhamos esgotado nosso tempo. A próxima reunião do diretor estava esperando on-line, uma *conference call* com dez participantes, com outros diretores de programas de cuidados intensivos para fortalecer a imagem de um sistema hospitalar interligado na nossa metrópole. Mas cada hospital ainda era sua própria entidade, e cada diretor tinha uma secretária. A dele, que agora estava na sala, se movimentava de um jeito que impossibilitava que eu vislumbrasse seu rosto. Usava roupas pretas e tinha cabelos ruivos, uma fogueira constantemente acesa em sua cabeça.

O diretor pediu para apertar minha mão.

Feliz que chegamos a um entendimento, ele disse, a minha mão na dele, e saí me perguntando em que parte da conversa tínhamos discordado.

*

LINGUÍSTICA OU FONOESTÉTICA estavam além das minhas capacidades, mas aprender uma língua, não. Meu pai usara fitas cassete

---

[1] Beija-flor. (N.T.)

para exercitar o inglês e pressionara o toca-fitas contra a orelha até que ficasse vermelha. Ele repetia as mesmas frases que a voz dentro da máquina, que, por algum engano de logística, era britânica, e meu pai tentava soar como aquela voz, um homem que chamava a todos de *chap*,[2] mas acabava não soando nada como *chap*, considerando o encontro discordante dos dois sotaques.

Passara meus primeiros anos falando apenas com meus pais, o que significava que eu passei esses anos falando apenas em chinês. Então, no meu primeiro dia no jardim de infância, a professora achou muito estranho que, embora falasse o inglês básico, eu não fosse inteiramente fluente. Ela chamou meus pais e o problema foi compreendido. *O problema é que não estão falando com a filha de vocês em inglês*, ela anunciou, e meu pai, hesitante, disse que ele e minha mãe continuariam a falar comigo na língua que bem entendessem. Mas tinham fé de que meu inglês engrenaria. (Porque aprender a língua não era a razão pela qual sua filha estava na escola? E ensinar a língua não era trabalho da professora?)

A professora ficou cética, um pouco irritada pela obstinação e pela indireta do meu pai, mas, é claro, meu inglês ultrapassaria de longe meu chinês, e, como um projétil veloz, atravessaria meu cérebro.

Quanto mais eu me entregava ao inglês, mais eu me afastava dos meus pais.

Further, farther.

Farther, father.

Mother tongue[3] é igual em ambas as línguas.

A troca da guarda, que para a maioria das famílias é um processo gradual, com famílias imigrantes acontece muito mais cedo e de forma precipitada, à medida que o filho assume o lugar do genitor.

Ter fluência em inglês na minha casa era assim: em qualquer parada num fast-food, eu era enviada com o pedido da família inteira e um pequeno maço enrolado de dinheiro. Fui a encarregada

---

[2] Cara, sujeito, no inglês britânico. (N.T.)

[3] *Further*: adiante. *Farther*: mais além. *Father*: pai. *Mother tongue*: língua materna. (N.T.)

de fazer pedidos em público até que Fang, após sua chegada, também dominou o inglês e perdeu inteiramente o sotaque. A questão era sobretudo o sotaque. Pronúncia quebrada implicava uma mente quebrada, a menos que o sotaque fosse britânico ou francês, o que então significava que a pessoa era chique. Durante anos, eu fui a atendente designada para o telefone, e, se fosse propaganda, a educada desligadora de telefone. *Fale mais grosso*, minha mãe dizia, *responda sim ao nome do seu pai ou ao meu*. Se meus pais tinham alguma pergunta a quem quer que fosse, eu era enviada como batedora para perguntar. Pois quem se recusaria a dar uma informação a uma criança? Ou julgá-la por perguntas como "O seu anúncio de papel higiênico de camada única claramente diz compre um, leve dois, mas por que neste recibo fui cobrada por dois?".

Venha cá. Meu pai fazendo com o dorso da mão sinal para eu me aproximar, para eu ler uma carta para ele. Uma segunda recusa do banco: não, não poderiam lhe dar um empréstimo para os negócios, pelas mesmas supracitadas razões de que ele não tinha crédito o suficiente com eles nem qualquer patrimônio respeitável, como uma casa. *O que é supracitadas? O que essa palavra significa?*

Significa "pelas mesmas razões antes colocadas".

Então ele e eu precisávamos preencher o formulário mais uma vez. *Não custa tentar*, ele dizia, *não se deve desistir tão facilmente*.

Minha mãe, às vezes, me levava junto com ela quando tinha uma faxina, para que eu pudesse tratar rapidamente de qualquer preocupação que uma esposa pudesse ter sobre seu serviço. *Este que você está usando é aquele limpador biodegradável? Sem ftalatos ou amônia?* Em troca, eu podia sentar à grande mesa de jantar dessa família e fazer minha lição. Eu também podia observar a esposa observando minha mãe. Ftalatos eram estéreis, usados em plástico; amônia, as aminas usadas em fertilizantes. Minha educação científica já estava em andamento, e era a possibilidade de me elevar para bem longe dali.

Se Fang ou eu não podíamos ir à escola – era raro, mas às vezes acontecia, em função de gripes sazonais –, eu ficava encarregada de escrever bilhetes sobre estarmos doentes para nossa mãe assinar. Mas como ela não gostava da visão da própria letra cursiva, recebi a tarefa de forjar também sua assinatura.

Eu detestava todas as minhas tarefas, é claro – a reclamação juvenil padrão de por que eu? e por que alguns pais e mães limpavam florestas inteiras por seus filhos, mas não os meus? –, embora, com o tempo, o que eu mais detestava era ver meus pais serem alvo de *bullying* por nenhuma razão especial senão a óbvia.

Deixando as palavras grandes de lado, a linguagem da Medicina tem sua própria taquigrafia e dialeto. Sim, o treinamento podia aniquilar você, mas também fazia uma pessoa entrar em um clube exclusivo.

Nenhum dos jargões interessava aos pacientes.

Fale de forma simples, eles e suas famílias pediam. *Está falando da cabeça ou do coração?*

Estou falando do coração.

*

UM DIA DESSES, ENQUANTO PENSAVA no meu irmão, na minha mãe e na vindoura Festa da Colheita, observei um pavão cruzar a rua. Não respeitava sinais de trânsito e todos os carros tinham que parar ou contorná-lo. Por um segundo, eu pensei que aquele pavão havia, à guisa de protesto, fugido de Connecticut e da iminente fazendinha de Fang. Alguns quarteirões atrás do pássaro, havia um pequeno grupo de pessoas vestidas de uniforme bege. *Alguém vira o Harry?*, perguntaram calmamente, sendo Harry o pavão que acabara de sair correndo da catedral São João Divino. Todos haviam visto o Harry, então todos apontaram freneticamente na mesma direção para ajudar.

Quando liguei para o meu irmão para retirar o RSVP da festa deles, ele soou meio doido, meio lívido, já que já tinham fechado o número de convidados com o serviço de bufê. Em chinês e em inglês, a frase é a mesma, "ensinar alguém", "educá-lo em x, y e z".

Você trabalha demais, disse Fang, *e permite que se aproveitem de você. Por que está sempre cobrindo o horário de outras pessoas, mas nunca ouço falar de alguém cobrir o seu horário? Ninguém deveria trabalhar tanto assim. Saúde é riqueza, e tempo é dinheiro.*

Meu irmão só sabia falar com frases de impacto, ou apenas com clichês.

Se você tivesse aberto um consultório particular aqui, como sugeri, nada disso seria um problema. Médicos contratam outros médicos para trabalhar para eles e essencialmente se tornam gerentes. Gerenciar pessoas é uma habilidade. Com o passar do tempo, você nem vai precisar clinicar, só recolher os lucros.

Quanto a deixar o hospital e abrir um consultório, minha posição nunca mudou. Laranjas não abandonavam pomares para começar um pomar novo, apenas para gerenciar outras laranjas e nunca se tornar suco. Mas meu irmão travava guerras de atrito e crescia diante de resistências, então, nem que fosse só para avançar na discussão, falei que ele tinha razão.

Além de Fang, eu também estava falando com minha mãe, já que ela andava me ligando mais para bater papo, e, antes de começarmos, eu confirmava se, de fato, ela estava me ligando para conversar.

Você é uma pessoa muito literal, ela dizia. *Nem sempre foi assim. Você não era uma criança muito literal.*

Olhe só essa ideia, ela disse, me ligando no meio do dia, como fez no dia anterior e faria no dia seguinte, para me contar algo que Tami ou Fang haviam me falado mais cedo naquele dia.

Seu irmão acha que seria melhor para o moral se todos nós vivêssemos perto uns dos outros, num raio de oito quilômetros.

Sua cunhada sugeriu um raio de dezesseis quilômetros. O que você acha disso?

Eu?, falei. *O que você acha disso?*, já que em qualquer um desses cenários ela teria de ficar aqui.

Oh, não vou ficar, ela respondeu. *É uma ideia ridícula.* Sua passagem estava marcada para fevereiro e seria quando ela iria embora. Mas minha mãe estava só transmitindo para mim essas informações. *Faça o que achar melhor com elas.*

Na próxima vez em que me ligou, eles tinham contratado uma babá para ela. O "eles" sendo meu irmão e minha cunhada, e sem perguntar ou consultá-la. A babá, uma mulher chinesa na casa dos 40 anos que fazia minha mãe lembrar de si mesma quando tinha essa idade e fazia um tipo parecido de trabalho. Depois de declarar que essa década, a última passada nos Estados Unidos, fora um misto de confusão e infelicidade para ela, minha mãe disse: *O que uma mulher de 40 anos podia saber, sem querer ofender você ou a Tami. Além do mais, não preciso de uma babá.*

Ajudante, falei.

Só o que a babá faz é me seguir por toda parte. Vejo ela verificando o fogão depois de eu usá-lo. Vejo-a apertando os botões para se certificar de que fechei o gás. Ela me traz cobertores antes mesmo de eu pedir. Ela ficaria sentada comigo no banheiro se pudesse. O tempo todo fervendo água para mim.

É atenciosa, falei.

É um total desperdício de água e eletricidade, ela disse.

Tentei mudar de assunto. Minha mãe finalmente conhecera toda a casa?

Sim. Todos os cômodos tinham sido observados e ela se sentara em todos eles, em todas as posições possíveis, olhara para fora de todas as janelas e agora estava entediada.

Eles não querem me deixar dirigir, minha mãe disse, depois do que ela julgou ser mais um dia inacreditavelmente entediante. "Eles" sendo Fang e Tami, claro, mas também o Departamento de Veículos Automotores de Connecticut, com quem acabara de falar em um telefonema conflituoso porque ela queria resolver aquela situação, de uma vez por todas, com um profissional competente que lhe desse ouvidos, só que o profissional não o fizera. Fora tão pouco interessado quanto todos os outros.

Eles não vão deixá-la dirigir, mãe, porque sua carteira de motorista americana expirou e você nunca fez a carteira de motorista chinesa. Se realmente quer ter uma, vamos precisar matricular você em aulas para então você refazer o exame.

Ela não queria repetir o exame, sobretudo não um exame no qual já havia passado.

Isso foi há mais de trinta anos, falei. *Faz mais de trinta anos que passou num exame.*

Mas ainda sei dirigir. Ainda me lembro da maior parte das regras. Em Xangai, os trens levam você a toda parte. Trens, ônibus, o dia inteiro, todos os dias da semana. Aqui, não se pode ir a parte alguma sem carro. O sistema de transporte público de vocês é um horror.

Foi o que a senhora disse ao Departamento de Veículos Automotores?
Não falei nada que eles já não soubessem.

Então minha mãe me lembrou de algo. Minha mãe lembrou que tinha um *greencard*.

Um greencard *não é uma carteira de motorista*, falei.
Por que não?
Porque um greencard *não fala nada sobre você saber dirigir.*
Se o país é todo voltado para direitos individuais, então alguém deveria fazer com que fosse assim.

Tédio podia gerar curiosidade, e meu celular tocava o tempo todo agora, com perguntas que minha mãe tinha sobre nós.

O que é mesmo que Fang faz? Sei que trabalha com finanças, mas que tipo?

GI significava gerente de investimentos e, a primeira vez que ouvi o termo *hedge fund*, imaginei sebes[4] de jardim e meu irmão podando-as com uma tesoura grande e afiada. Com o tempo aprendi um pouco mais, que Fang cultivava o dinheiro de outras pessoas, que equivalia mais ou menos a podar os arbustos de outra pessoa até se transformarem em fileiras verdejantes e parelhas.

Minha mãe pareceu satisfeita com aquela explicação. *E você, o que você faz? Médica, eu sei, mas de que tipo?*

Expliquei para ela.

Espero que pelo menos esteja ganhando algum dinheiro, ela pressionou. *Porque na China um médico recebe o mesmo salário de um professor de escola pública. Não há diferença de status ou prestígio entre os dois e a relação trabalho-vida é, obviamente, muito melhor para o professor. Só espero que você não fique na miséria, Joan-na. Tantos médicos na América se endividam, ouvi dizer. Muitos dizem que não vale a pena. E os processos por negligência médica. O que vai fazer quanto a isso?*

---

[4] *Hedge*, no original. (N.T.)

Falei que tinha acabado de receber um aumento e que tentava, como a maioria dos médicos, evitar ser negligente

Eu estava caminhando para lá e para cá do lado de fora do auditório em que Reese fazia relatos de casos. A conversa era sobre como desmistificar hipertensão pulmonar, uma condição com muitas causas possíveis ou uma causa desconhecida, e na qual as artérias do pulmão carregam sangue a uma pressão muito elevada. Seguem-se tontura, fadiga, dores peitorais, às vezes pele azulada. Diz-se que a hipertensão pulmonar se desenvolve gradualmente e só piora com o tempo, mas também pode se apresentar rapidamente e sem aviso, como durante um telefonema com a própria mãe.

*

OS ÚLTIMOS DOIS MESES DO ANO eram tomados por seminários obrigatórios onde o RH atualizava a equipe sobre as novas regulações de comportamento, como por exemplo: identificar e denunciar assédio sexual, ou a etiqueta adequada para um conferencista. Ontem teve o último seminário. Estudos mostraram que, quando homens apresentam conferencistas do sexo masculino, dão o nome completo e seus títulos, mas que, para conferencistas mulheres, usam apenas o primeiro nome, e nada de títulos. Então fomos instruídos a apresentar todos os palestrantes pelo nome e sobrenome, com seus respectivos títulos. Praticamos com a pessoa ao nosso lado. A sala estava com a lotação pela metade, a maioria da qual eram mulheres.

O seminário de hoje, sobre bem-estar, era dado com frequência. Depois da projeção do PowerPoint, a mulher do RH se pôs em pé na frente da tribuna do computador e começou a clicar e passar por telas intituladas "O que é bem-estar?" e o motivo de ser uma qualidade importante a ser buscada. Bem-estar fora promovido a uma das competências comportamentais que se requeria que todos os cuidadores cultivassem. Outras incluíam competência cultural, liderança e intervenção de crise não violenta. Assisti, mas ficava me desconcentrando, e, quando o seminário terminou, desci pelo elevador até o café do saguão.

Eram só 16h45, mas já estava bem escuro e nevoento lá fora. O pessoal do turno diurno estava indo embora, os do noturno, entrando, guarda-chuvas abrindo e fechando, então sendo protegidos por um plástico.

Por dez minutos, a fila do café estagnou e estiquei o pescoço para ver por quê. Uma xícara caíra sobre o balcão, esparramando líquido no chão e sobre os sapatos reluzentes de couro de um cliente. A jovem barista pedia desculpas, com a mão na boca. Então a expressão do cliente, o olhar, e a pergunta iminente: *Você vai fazer outro, não vai? É um trabalho bem simples. Eu faço o meu, então por que você não consegue fazer o seu?*

Pelo crachá confirmei que ele era um médico, e por seu gestual, eu já sabia. Mais velho e de aparência distinta, um crente ferrenho de que seu status especial no hospital confere status especial no mundo. Havia muitos como ele. Aqueles que não se importavam com seminários sobre bem-estar ou apresentações de conferencistas mulheres, *porque a quantas conferências já não tinham ido?*, e até hoje sem qualquer reclamação de parte de uma mulher.

A barista refez a bebida. O médico bufava.

*

NUNCA PENSEI EM SER UMA ARTILHEIRA, mas assim que o rótulo apareceu, ele ficou. Ser considerada um novo tipo de médica fazia com que me sentisse como um produto que era transportado na linha de montagem para substituir modelos anteriores. A Medicina estava se tornando mais competitiva porque se abria para todos. Então, pela lenta força da seleção natural, aquele médico do café no saguão seria substituído por alguém mais jovem, melhor e com conhecimentos mais atualizados. Uma pergunta que costumavam me fazer era se eu havia sido empurrada para a Medicina, como todos os bons filhos de asiáticos, e a isso eu costumava silenciar. Quão pouco científico é generalizar sobre qualquer população, e eu nem sequer era a fonte de informações mais confiável. Meus pais não tinham necessariamente me empurrado, embora também não tivessem se oposto. O que fizeram, por pura honestidade, foi me lembrar de que não tínhamos uma rede de segurança, então, fosse lá o que escolhesse fazer, precisava fazê-lo bem, eu não podia ser negligente ou esperar que alguém me salvasse. *Cumpra suas obrigações*, era o conselho de meu pai. *Mantenha o curso*.

Quando Reese e o diretor perguntaram sobre meu pai, ou sempre que alguém perguntava sobre minha criação, eu evitava falar demais para não revelar, sem querer, que tínhamos sido pobres. Confessar isso tinha consequências. Significava admitir ter experienciado menos e, portanto, ter muito a provar. Um ouvinte poderia pensar, *Sim, isso explica muito, explica muito sobre você*.

Em todas as escolas secundárias em que fomos matriculados, Fang e eu nos qualificamos para receber almoço grátis, para o qual nossa mãe se recusava a nos inscrever. *Não existe almoço grátis neste país*, e um ditado chinês que diz o mesmo: *tortas de carne não caem do céu*. Além disso, um benefício desses era concedido pelo governo, e receber ajuda do governo dava a alguém, mais tarde, a chance de dizer a você que seu sucesso não era merecido.

Fang entendeu rapidinho. As crianças populares tinham dinheiro, ou melhor, seus pais tinham dinheiro, o que dava a essas crianças a ilusão de que elas também eram ricas.

Nossa primeira casa, em Wichita, tinha capacidade para apenas três pessoas. Nos disseram que, com uma quarta, seríamos despejados. Segue-se não a mais afetuosa memória do meu pai, mas uma memória indelével: nós quatro entrando sorrateiramente num motel Super 8 onde tínhamos pago o preço de um único hóspede. Assim que uma recepcionista contou à outra, um segurança veio bloquear nosso caminho. Antes do meu pai começar a despistá-los, nos pediram que fôssemos embora. Por um pequeno valor, um casal de chineses, mais velhos e sem filhos, nos abrigou durante um mês, antes de meu pai decidir que nos mudaríamos para Scranton. O quarto ficava aos fundos de um rancho de um só andar, escondido por um arbusto de sempre-viva plantado por eles, não por coincidência, depois que chegamos. Éramos proibidos de caminhar onde pudéssemos ser vistos ou de usar a cozinha durante o dia.

Eu nunca passei fome, nunca fiquei sem roupas ou abrigo adequado, mas assim que a mulher me via ir ao banheiro, ela começava a bater na porta. Era isso ou as moradias sociais, e jamais viveríamos nas moradias sociais.

Uma boa lembrança. Afetuosa. Mesmo sendo o membro mais frugal da nossa família, meu pai acabava fazendo as coisas menos frugais possíveis. Gastar o equivalente a uma semana de dinheiro por lavar pratos, por exemplo, no que prometera ser uma surpresa. Nós nos perguntávamos o que poderia ser. Talvez camas de verdade, já que estávamos dormindo em colchões sobre o chão por todo esse tempo. Semanas se passaram e nós nos esquecemos. Então, no nosso último dia na escola, o primeiro do verão, ele e minha mãe nos apanharam em um Mustang verde limão, alugado para aquela tarde. Não havia nada mais americano para ele do que carros americanos, carros esportivos americanos, porque, dentro de um carro como aquele, até mesmo o fraco podia se sentir forte. Aumentamos o volume do rádio e fomos ao *drive-thru* do Wendy's mais próximo. Meu pai parou o carro atrás do interfone e enfiei a cabeça para fora da janela de trás para fazer o pedido. Tudo do menu de ofertas e dois copos de água quente. Sim, só água quente. Meu pai dirigiu o carro até um parque e comemos no carro. Então ele dirigiu em círculos por um estacionamento tão rápido quanto possível, enquanto minha mãe ficava batendo no braço dele e dizendo para diminuir a velocidade. Passantes devem ter dito: *Seja lá que história é essa, essas pessoas são negligentes e certamente estão gastando mais do que ganham.* Depois disseram aos seus filhos: *Crianças, é por isso que os pobres continuam pobres e os ricos continuam ricos.*

É provável que aquele dia tenha sido uma das vezes em que a minha mãe me lembrou de que uma mulher precisa de poder, e de que o poder vinha do dinheiro, então uma mulher precisava de dinheiro.

Nas conversas, eu não admitia ter sido pobre, mas, para as faculdades, no papel, eu admitia. Abaixo de certo limite de renda, algumas das melhores escolas eram gratuitas. Então você pedia um auxílio para livros a cada semestre e verba para casacos de inverno. Você comia sempre em refeitórios, nunca fora. Fang se deu bem de primeira, e me ajudou a fazer o mesmo. Formulários desse tipo eram fáceis de serem preenchidos. Fazia anos que fazíamos a declaração de imposto de renda dos nossos pais.

Bolsas baseadas em mérito, dissemos a nossos pais, os quais, concordamos, nunca precisariam saber da verdade. Mas, se a minha mãe tivesse verificado, teria visto que nenhum dos lugares que Fang ou eu frequentávamos oferecia bolsas baseadas em mérito.

Alguns americanos podiam ter duas caras. Familiares e outros pais da nossa escola deixavam clara a implicância que tinham por nós dois.

Você deve estar tão orgulhosa dos seus filhos.

Mas como foi mesmo que seu filho entrou em Yale? Porque Yale se importa com minorias. Guardam um certo percentual de vagas para elas.

Como foi que a sua filha realmente entrou em Harvard? Porque Havard é até mais generosa com as minorias e também com as mulheres.

Estabelecendo a questão que eu sempre tive. Nenhum mérito meu tinha nada a ver comigo, com minha ética de trabalho ou com meu cérebro.

Durante a faculdade, Fang começou a voltar para casa usando roupas mais novas e mais caras.

Dinheiro da bolsa?, minha mãe perguntava, esfregando a lapela do blazer de lã azul com botões dourados, mas talvez já sabendo muito bem que não se tratava disso. *Peguei emprestada de um colega de quarto*. Mas logo ele pôde comprar o seu próprio blazer.

Fang com vinte e tantos anos, me levando para almoçar. Nessa época, eu era uma aluna veterana de Harvard, e ele dirigira desde Manhattan, onde acabara de ser promovido a associado de alguma coisa, ou, na minha cabeça, associado de dinheiro. Finalmente, nada mais de comida do hall D, e eu podia escolher qualquer lugar que quisesse. Pedi comida asiática, algo semelhante ao que nossa mãe teria preparado, coisa que o hall D nunca servia. *Pense mais alto*, ele me disse, chegando ao meu dormitório, vestido com belas calças compridas de linho e um suéter de *cashmere*, antes mesmo de eu saber que suéteres de *cashmere* existiam. Por sugestão dele, fomos a um restaurante francês, o mais caro de Boston, onde, no estacionamento, o vi jogar as chaves do seu novo Audi para um manobrista branco e dizer, *Cuide disto aqui para mim, sim?*, e então dar cinquenta paus de gorjeta para o homem.

Lá dentro eu tinha meu próprio garçom branco, que ficou o tempo todo ao meu lado, como um guarda-costas. Cada farelo que caía de minha boca ele catava com um raspador de prata. Fatias de pão quente me eram oferecidas com pinças de prata. E quando precisei usar o banheiro, meu guarda-costas me seguiu, abriu a porta do banheiro à prova de som, fechou a porta à prova de som e ficou do lado de fora enquanto eu fazia xixi.

Eu me lembrava de algo da comida? O gosto dela? Não. O tempo todo eu queria a comida da minha mãe.

De volta à mesa com nossos guarda-costas, meu irmão perguntou de quem eu ficara amiga em Harvard e com quem estabelecera conexões. Pois eu estava, segundo ele, no lugar com as melhores conexões do país, o lugar de onde saíam futuros presidentes, herdeiros de indústrias, CEOs, diretores financeiros, diretores de operação e magnatas do Vale do Silício.

Odiei isso. Odiava a sensação que Fang me transmitia de que havia algum pé mágico de feijão que eu precisava escalar. Nada de bom resulta de se subir em pés de feijão, ele não sabia? Há gigantes lá em cima.

Mas ele sabia. O objetivo de Fang era subir até os gigantes e se tornar, ele mesmo, um gigante.

Jiu-an, não pense que você é inferior, ele disse e então bebericou seu uísque justo às 12h30.

Esta é a nossa chance, não a desperdice.

O que se aprende fora da sala de aula é tão importante quanto o que se aprende em aula, se não mais.

Fique amiga das pessoas certas. Elas podem abrir as portas certas.

Não seria demais se um dia você se tornasse a esposa de um senador?

(O famoso diploma "Esposa", porque, na prática, um cérebro feminino não vale nada. Quatro lóbulos no cérebro, e algumas vezes imaginei o meu com o rótulo de "raiva".)

Depois que meu irmão disse essas coisas, eu me dei conta de que ele e eu tínhamos, oficialmente, tomado caminhos diferentes. Irmãos gradualmente se afastam, mas, naquele dia, pareceu uma falésia e então um choque. Deixei que falasse comigo daquele jeito porque, como uma jovem adulta, eu começara a identificar culpa: eu tivera nossos pais desde o nascimento, ao passo que ele não. Este ponto ele nunca abordou, mas podia senti-lo entre nós, que ele fora deixado para trás. *Mimada*, Fang deve ter pensado isso de mim, por ter tido tanto a mãe quanto o pai inteirinhos só para mim, quando era ele que precisava mais deles. Nossa mãe não segurou a mão dele tempo suficiente e, quando a viu novamente, ele já era crescido demais.

Mas enquanto observava Fang instruir seu guarda-costas a nos trazer uma variedade de sobremesas, senti que ainda assim ele havia me decepcionado. Assim como eu não fazia ideia do que era ter um irmão mais velho até ele aparecer, de repente, eu soube que outrora tivera um irmão, mas que agora ele se fora.

*

TRÊS CORRESPONDÊNCIAS:

Uma brochura do Shen Yun – 5.000 anos de civilização renascida.

Um envelope acetinado, num bege entre alabastro e champanhe. Desfiz a fita mimosa que o envolvia e vi que estava sendo cordialmente convidada para a Festa Anual de Inverno de Fang e Tami, o pináculo de suas celebrações, já que havia tantos feriados em dezembro para celebrar. Não me dei ao trabalho de ler tudo sobre as atividades, cuja lista era longa e impressa em letras douradas. Eu definitivamente não iria, mas estava me perguntando como enviaria essa mensagem. Se não enviasse o RSVP, meu irmão o confirmaria por mim. Se eu ligasse de novo para mandar meu RSVP negativo, eu ouviria mais um sermão. Enviar mensagem de texto era o jeito mais seguro, mas e se Fang me respondesse em seguida com uma mensagem de texto com uma reprimenda e urgência para falar? *O que é mais importante do que a família? Sei que está recebendo minhas mensagens, Jiu-an. Eu sei porque consigo ver quando minhas mensagens aparecem como lidas, uma configuração que eu já falei para você desligar para seu próprio benefício, mas você sempre se esquece.*

A terceira correspondência era a mais estranha. De um centro cultural asiático sem endereço e de nome vago, um folheto de 29 páginas, tudo em chinês, e que na capa me desejava paz com um desenho de um ser celestial feminino. As primeiras poucas páginas eram sobre saúde e sobre como encontrar a serenidade interior. Mas o restante das páginas discutia as maneiras mais eficazes de sair do Partido Comunista Chinês, e, assim que me dei conta do que eu estava lendo, cuidadosamente larguei o folheto e o afastei.

*

EM DEZEMBRO SÓ ME DESIGNARAM uma semana de trabalho, e, ao olhar para a minha escala quase vazia na minha conta do hospital, rolando a imagem no monitor para ver com mais clareza os 24 quadrados vazios, decidi que isso era inaceitável. Eu não poderia receber um aumento salarial sem nenhum trabalho. Parecia negligência, roubo, como se estivesse apenas me beneficiando do sistema, sem retribuir. Fiz os outros médicos saberem que eu estava mais do que disponível para rendê-los a qualquer momento, sem compromisso, e logo eu estava de plantão durante todo o mês de novo, com dois domingos de folga.

O primeiro domingo, eu dediquei a limpar meu apartamento. Eu tinha um robô aspirador de pó que limpava a área sem qualquer planejamento aparente, fazendo um caminho diferente a cada vez, muitas vezes se enfiando num canto. Então ele soou o alarme para me dizer que estava preso. Como o homem no tocador de fitas cassetes do meu pai, uma voz feminina morava no meu aspirador. Mas ela era americana, e quando disse *error* [erro], ouvi *terror*, como se ela estivesse com medo.

Para Fang, um aspirador de pó circular por cômodos quadrados não fazia qualquer sentido, e ele me sugeriu que eu contratasse uma faxineira.

Falei que nossa mãe costumava fazer aquilo, limpar as casas de outras pessoas e varrer a sujeira delas.

Isso é passado, disse Fang. *O passado é passado. O futuro é agora.*

Tami perguntou se o robô aspirador era meu filho substituto. *Você gosta de se preocupar com o aspirador*, ela disse, *e essa preocupação se torna uma atividade que por si só preenche você.*

Uma vez que passei dos 30 anos, muitas coisas haviam, de acordo com algumas pessoas, se tornado meus filhos substitutos. Se eu me abaixava para admirar um cachorro perto de Tami, ele se tornava meu filho. Se olhasse por tempo demais para um relógio, ele se tornava meu relógio biológico. Quando passei dos 35, a frequência de referências a crianças dobrou.

Enquanto eu estava limpando o robô aspirador, retirando de suas escovas uma abundância de cabelo preto que deveria ter me deixado careca, minha mãe me ligou para dizer que não havia ninguém na casa exceto a babá e ela.

Por quê?, perguntei, tentando extrair do meu primeiro filho substituto cabelo outrora pertencente a mim. Mas não consegui e decidi colocá-lo no armário para uma folga.

Terror!, ele gritou, e minha mãe perguntou o que era aquilo e respondi que não tinha ouvido nada, enquanto fechava a porta do armário.

Ela contou que todo mundo tinha saído para fazer as compras de Natal.

Eu também não gosto de fazer compras, falei, ao que ela respondeu: *Quem disse que eu não gosto? Todas as mulheres gostam de fazer compras, e se tivesse forças para acompanhar Tami o dia todo, teria ido.*

Minha cunhada era uma compradora dedicada e conhecedora de marcas. Sua única política para si mesma era nunca comprar nada em liquidação nem visitar *outlets* onde multidões de mulheres asiáticas se aglomeravam, procurando por promoções. *Se você não pode comprar produtos de luxo ao preço cheio*, Tami acreditava, *então não deve comprá-los.* Mas às vezes eu me perguntava se, ao se distanciar de um estereótipo, ela não acabara entrando de cara em outro.

Minha mãe acrescentou que não apenas todas as mulheres gostavam de fazer compras, mas gostavam de comprar juntas.

Eu não podia dizer que concordava.

Bem, você já experimentou? Já pediu a Tami para levá-la com você?

A única vez em que fui com minha cunhada a uma loja, fomos rapidamente levadas para uma sala privativa. Quando perguntei que tipo de lugar era aquele, tanto Tami quanto o atendente piscaram na minha direção: *Você nunca entrou em uma Tiffany? Quem é a Tiffany?*, perguntei, e nenhum deles parecia saber ou se importar. Ficamos naquela salinha privativa por quase meio dia, admirando peças brilhantes em bandejas de veludo, enquanto homens com jeito de modelos usando ternos negros nos traziam champanhe.

E você não gostou da experiência?, minha mãe perguntou. *Beber champanhe de graça em uma joalheria?*

Falei que eu não gostava de joias. E que a champanhe estava ok.

Minha mãe não disse nada. Só silêncio do outro lado. Prosseguimos para falar sobre outro assunto.

Mas eu sabia que ela ficara perturbada ou pelo menos decepcionada, e depois que contamos até três e desligamos, saí à rua para uma caminhada rápida. Caminhei pela Morningside Drive e de volta ao hospital, na frente do qual duas enfermeiras calmas fumavam num banco próximo a uma ambulância que se aproximara da entrada.

Um homem, biologicamente, tem um cromossomo X e um Y. Uma mulher tem dois cromossomos X. O cromossomo X é muito maior do que o Y, tem mais genes, mais variações etc. Uma mulher é XX, um fato genético que sempre me pareceu Matemática. Deixemos que X seja uma variável qualquer, uma incógnita. O que é X? Eu nunca me senti especialmente feminina nem parecia saber o que significava ser uma mulher. Era necessário gostar de certas coisas? Compras, joias, crianças... E se nada disso lhe interessava, era como três *strikes* e você estava fora? Os Yankees não tinham nenhuma mulher.

Ao final da minha caminhada, me lembrei de que eu gostava de flores. Nada de girassol ou rosas, mas flores secas, flores do campo, samambaias e suculentas. Sobretudo hortênsias, suas pétalas, com a cor azul parecendo se levantar delas e quase se evaporando no ar. Chocolate de todos os tipos, de blocos meio amargos para confeitaria até morangos cobertos com chocolate. Mas será que gostar tanto de flores e chocolate faz da mulher uma mulher, ou fazia dela uma menina?

*

AO VOLTAR DA SUA REUNIÃO com o diretor, Reese estava de mau humor. Ele foi direto para o fundo da sala para a estação de bebidas, onde agora havia uma lata com bolas de espuma antiestresse graças a outra mulher do RH, que não era a mesma dos seminários. Reese pegou três bolas e começou a fazer malabarismos com elas na minha frente.

Meu conselho universal aos pacientes é: melhor nunca conhecer seus médicos pessoalmente. Melhor nunca ouvi-los demonstrar emoções ou confessar seu amor por alguém. A essa altura, eu não poderia nunca, de bom grado, permitir que Reese cuidasse de mim. Eu nunca seria capaz de assinar o Termo de Consentimento Livre e Esclarecido.

Depois das bolas, ele disse, ainda as jogando para cima, *você pode passar para argolas ou pinos*. Em rápida sucessão, ele jogou as três bolas de espuma na minha direção, nenhuma das quais eu peguei, já que não estava preparada e ele as tinha mirado acima da minha cabeça.

Você precisa se esforçar, Joan. Você precisa estender o braço e apanhar, assim. Ele fez uma demonstração, então se exibiu. *Agora jogue-as de volta. Vamos lá. Jogue-as de volta como joguei para você.*

Meses atrás, antes do meu pai morrer, Reese, do nada, perguntou a Madeline e a mim se achávamos que ele daria um bom pai. Ela e eu nos olhamos, pensando como iríamos lidar com isso, e, antes que pudéssemos responder, ele afirmou que sim, achava que daria. E que era por isso que ele queria se tornar um, pois sabia que faria um bom trabalho quando tivesse a oportunidade. Duas tarefas que considerava excepcionalmente paternais eram ensinar a criança a andar de bicicleta e ensinar a criança a arremessar. Coisas que seu pai lhe ensinara e que ele agora estava pronto para passar adiante. Foi um momento legal na sala em que eu soube que Reese estava se abrindo e não quis estragar tudo dizendo que meu pai não tinha me ensinado nenhuma dessas coisas e que talvez fosse possível ser um bom pai sem precisar fazê-lo. As crianças geralmente não sabem das coisas e podem ser felizes com bem pouco.

Como Reese não era meu pai, declinei de jogar de volta as bolas antiestresse e as coloquei enfileiradas sobre minha mesa.

Ele finalmente se acalmou e se sentou, entrelaçando os dedos atrás da cabeça. Perguntou se eu achava que ele era um bom médico, e essa era uma pergunta que eu não queria mais responder, já que a respondera no ano passado e no ano anterior. A resposta era sempre a mesma, que ele não era nem o melhor e nem o pior, o que era o caso de todos nós. Passar para uma sala compartilhada me ensinou que algumas pessoas precisavam de mais incentivo, água e sol. Algumas pessoas eram exatamente como plantas.

Em vez disso, indaguei: *Por que, o diretor lhe deu uma reprimenda?*
Não, não exatamente. Mas não disse nada de positivo.
A ausência de notícias é uma boa notícia, eu o lembrei, *e o excesso de elogio pode atrofiar uma pessoa.*

Pela primeira vez, Reese ficou quieto e olhando para o teto, direto para as luzes fluorescentes. Essas luzes eram fortes, e receei que, se ele olhasse por muito tempo, queimaria a retina e cegaria a si mesmo, como um daqueles heróis trágicos, como Ícaro.

Ei, Reese? Reese, olhe para cá, por favor.
Curiosidade, ele disse, sem me olhar e continuando a empalidecer seus globos oculares. *Ainda tenho uma dívida de cem mil, que redundam em 60 dólares de juros por dia. O que eu realmente preciso é de um aumento, e fico feliz com o seu — o diretor o mencionou, na verdade, ficou o tempo todo mencionando sua escala de trabalho este mês e no mês passado como exemplar —, mas não é como se eu não estivesse trabalhando. Trabalhei todos os meus turnos, exceto por aquele que nós trocamos, que você não quis que eu lhe pagasse. Fora os feriados nacionais, quando é que fujo do dever? Não trabalho à noite porque preciso do meu sono, e sou sênior demais para trabalhar em turnos reservados aos recém-chegados ou às pessoas que funcionam bem à noite. Depois que expliquei tudo isso ao diretor, ele ainda assim não pareceu muito*

convencido. Falei que ele poderia me forçar a trabalhar à noite, mas que não seria o melhor para os pacientes. Não sou a Joan, disse, nem tento ser. Sou eu mesmo e em paz com o que funciona para mim. Mas isso deveria significar que eu não seja reconhecido? Isso significa que devo continuar sendo preterido?

*

AROMAS DE CANELA, noz-moscada e baunilha rondavam o nono andar, e uma guirlanda de Natal de trinta centímetros de diâmetro havia sido colocada na porta do 9B e na minha. *Eu fiz isso?*, perguntei a mim mesma quando vi o círculo verde com fitas e frutinhas vermelhas, porque às vezes eu me esqueço dessas coisas, o que fiz ou não fora do hospital, como se o mundo real tivesse se tornado um sonho. Não, encontrar e colocar a guirlanda só podia ter sido coisa do Mark.

Através do conjunto duplo de janelas, o Homem Enorme esteve visível um dia e se fora no dia seguinte. Uma sempre-viva de dois pés de altura enrolada numa gaze metálica havia sido colocada no peitoril, e essa planta recém envasada bloqueava um terço da vista.

Eu ouvia moradores do lado de fora o tempo todo agora. A porta do apartamento 9B abria e fechava, conversa de corredor ecoando, entre meu vizinho e mais alguém. Sem nem sequer olhar pelo olho mágico, eu sabia que as pessoas estavam entrando e saindo do 9B com livros ou utensílios ou tortas.

O porteiro continuava a perguntar se eu estava ou não apaixonada pelo sr. Mark. *Já foi inundada de presentes?*, ele perguntou, pois isso era crucial para se encontrar o amor. Um fluxo constante deles. *As mulheres gostam de coisas.*

Quando contei que eu tinha menos coisas do que Mark, o porteiro não pareceu acreditar, mas então, como se seguindo uma deixa, como se ele e Mark tivessem conspirado juntos, conversando pelas minhas costas, Mark me encontrou mais tarde naquele mesmo dia para perguntar se eu precisava de uma poltrona de leitura. Ele havia comprado uma nova de couro para si mesmo, mas sua poltrona anterior, que não era de couro, ainda estava ótima, e, antes de colocar à venda, ele pensou em ver comigo.

O porteiro te fez fazer isso?

Quem?

O porteiro. Nosso porteiro. Aquele obcecado por comédias românticas e por apresentar pessoas, que não aperta os botões do elevador nem deixa ninguém apertá-los a menos que a gente esteja bem no meio da caixa de metal suspensa, numa boa postura.

Mark não sabia de nada disso; ninguém o escoltava até os elevadores nem comentava sobre sua postura.

Talvez ele goste de você, disse Mark.

Ele é casado, falei.

Os olhos de Mark fizeram uma volta grande e exagerada. *Não, não assim. Talvez ele goste de você como moradora. Uma coisa muito nova-iorquina de se acontecer. A maior parte dos porteiros tem moradores favoritos, moradores dos quais tentam cuidar e os quais tentam ajudar.*

Como se tornar uma não-favorita era o meu pensamento.

É uma coisa boa, ele disse, e voltou ao seu apartamento para trazer a poltrona.

Assim que a vi, eu a adorei. Uma poltrona vibrante, de camurça verde-limão com um desenho ligeiramente retrô. Com uma passada da minha mão, a camurça mudava de um verde-limão mais claro para um mais escuro; outra passada e mudava de escuro para claro novamente. Eu me ofereci para pagar, mas com um aceno Mark se recusou até mesmo a pensar no assunto. Ele empurrou a poltrona para o 9A e para dentro de minha sala de estar vazia, que tinha só um *futon* velho que eu comprara havia anos e, num canto, meu robô aspirador, em outro os livros que ele havia me dado ainda não lidos. Empurrei o *futon* para o fundo e coloquei a poltrona de camurça no centro do cômodo.

Você foi roubada?, ele perguntou, olhando em volta, e eu neguei.

Mas onde está sua mesa, onde você come?

Eu tinha uma mesa e cadeira dobráveis no armário, uma escrivaninha no quarto onde eu às vezes comia. Do armário, peguei a cadeira de metal e a abri.

Por favor, falei.

Ele disse que era a coisa mais desconfortável em que já havia sentado.

Mas lá estávamos nós, eu na poltrona de camurça, recebendo minha primeira visita desde que me mudara. Considerando o índice de segurança da vizinhança e que minha única cama era pequena demais, Fang e Tami nunca me visitavam. Além disso, eu também não estava perto de nenhum museu famoso, por razões educacionais, para os meninos deles.

Contei ao Mark que eu não sabia como deveria receber visitas. Ele me fazia perguntas, ou eu deveria fazer? Ele riu. Eu ri. Então ele acrescentou que, em todo seu tempo na cidade, nunca conhecera alguém como eu.

Você não conheceu pessoas suficientes, respondi. Havia muitas pessoas como eu, enfiadas em escolas e prédios de escritórios. Pessoas que haviam sido padronizadas, um servidor padrão que fornecia cuidados padrões.

Não, você é diferente, ele disse.

Uma palavra que eu detestava ouvir sobre mim e que devo ter demonstrado por meio do meu imediato franzir de cenho.

Diferente é bom, ele disse, se mexendo na cadeira que, na verdade, era pequena demais para ele e que rangia bastante por causa do novo peso. *Algumas pessoas passam a vida tentando ser diferentes e nunca o conseguem, de nenhuma forma significativa. Mas algumas pessoas o são sem esforço.*

Franzi ainda mais a testa, embora Mark aparentemente não tenha percebido e continuasse a inspecionar meu cômodo vazio em voz alta. Suas palavras começaram a ecoar, então parei de prestar atenção nelas.

Quem realmente quer ser diferente?, eu me perguntava. E ser tratado de forma diferente por causa de coisas a respeito de si que não podiam ser mudadas. A maior parte das pessoas que era diferente só queria ser igual.

*

O PRIMEIRO TERAPEUTA DEDUZIU que eu tinha problemas em enxergar limites. Meu pai, um cruzador de braços, que fora às sessões iniciais, respondeu que limites eram um traço ocidental, um luxo e um ato de egoísmo. Nenhum desses limites existia na nossa família, assim como o "eu" não existe, e se o "eu" não existe, então não poderia ser invadido. Meu pai também acrescentou que eu parecia bem e que aqueles encontros eram estúpidos.

Podemos ver que você acha isso, o terapeuta disse, *mas nós nos preocupamos com sua filha. Uma aluna excelente, mas tem dificuldade de se conectar com os pares, é rígida, inflexível; segundo seus pares, para Joan, as coisas precisam ser feitas de um certo jeito. Ela deveria ser testada para...*, e cada terapeuta dava uma lista.

Ela é tímida, dizia meu pai.
Mas às vezes ela explode.
Ela é fisicamente violenta?
Ninguém está sugerindo isso.
Então não vejo qual é o problema.
Não estamos sugerindo que haja um problema. Nós também queremos que Joan tenha êxito.

Ela precisa de sua permissão para isso?, era o que ele quis perguntar, mas não conseguiu falar claramente e o terapeuta não pareceu entendê-lo. *Ela não precisa da permissão de ninguém, nem minha nem sua*, e como essa era a extensão do inglês dele quando bravo e contrariado, ele simplesmente repetia a frase – "nem minha nem sua" – até que era hora de irmos embora.

O último terapeuta que eu vi foi na faculdade, no meu primeiro ano. Ela perguntou se, alguma vez, eu tinha conversado com um terapeuta que fosse mais como eu mesma. Uma pergunta bem-intencionada que ela fez com cautela e de forma indireta, às 7h30, antes da minha aula, às 8 horas. Acho que a palavra que ela não quis usar era "asiática". A terapeuta asiática inexistente – *eu conversara alguma vez com alguém assim? Para entender a diferença é preciso de diferença e alguém que já esteve no seu lugar.* Pelo menos ela foi a primeira terapeuta a admitir não entender bem, em vez de tentar indicar um defeito. Depois dela, eu não teria mais tempo para terapeutas e, uma vez que comecei meu treinamento, eu só precisava me voltar à pessoa a meu lado na palestra para saber que éramos iguais. Em última análise, a Medicina ainda era uma meritocracia e o caminho mais direto que eu poderia tomar. Me movimentar pelas fileiras tinha pouco a ver com minha aparência ou minha família, mas tinha tudo a ver com minha capacidade de observar e ouvir atentamente, se era capaz de desempenhar as tarefas que me eram solicitadas e então passar as mesmas instruções quando chegasse minha vez de ensinar. A alegria de seguir o padrão é que você não precisa pensar além de uma certa área. Como uma morte bem manejada, uma caixa fora colocada a seu redor, e dentro dela você podia se sentir seguro.

*

SERÁ QUE MEU PAI TINHA sido feliz me criando, fora feliz sendo meu pai? E, tivesse eu feito essas perguntas para ele, as teria considerado perguntas importantes ou apenas perguntas ocidentais? Ele julgava que os americanos eram felizes por fora o tempo todo e superficialmente otimistas. Ser feliz sem discriminação lhe parecia tanto uma maldição quanto ser indiscriminadamente triste.

Com frequência, nós passávamos meses sem nos falar, não por estarmos chateados um com o outro ou por qualquer razão real, exceto que a conversa não era necessária. O período mais longo foi durante o ano quando tinha 20 e poucos anos, eu estava atolada em treinamento prático e meu pai estava, como sempre, ocupado. Conversei com minha mãe naquele ano e com ele indiretamente, através dela. *Diga isso ao papai*, e ela dizia que o faria. O ano em que não fizemos contato terminou tão casualmente quanto começou. Ele me ligou para contar sobre sua vertigem, uma possível infecção no ouvido, e sobre alguns pontos avermelhados de micose no seu peito. Perguntei se ele consultara um médico, e ele perguntou se não era eu a médica, sua filha, a médica, *a não ser que a doutora não esteja trabalhando hoje e seja só minha filha*. Se só a última estivesse disponível, ele ligaria no dia seguinte para falar com a doutora.

Meu pai às vezes era brincalhão, misturado com um estoicismo e uma formalidade asiática. Eu neguei, disse que a doutora trabalhava naquele dia e que estava pronta para receber os pacientes.

Então, nós conversamos sobre seus sintomas e lhe recomendei o tipo de remédio a ser comprado e com qual frequência aplicá-lo.

Foi uma conversa de vinte minutos, uma das mais longas que teríamos.

Obrigado, filha-doutora. Ou você prefere doutora-filha? Qual?

Respondi que a primeira estava bem.

Tudo bem, então, filha-doutora, até, tchau.

Mas a frase para "tchau" em chinês é *zàijiàn*, ou "até mais ver".

*

PARA ESCREVER UMA PALAVRA em chinês, às vezes, nós o fazemos em metades. No lado esquerdo, coloca-se uma pessoa (人) em cima de uma onda do oceano (㔾) e, no lado direito, damos uma faca para essa pessoa que está na onda (刀). Uma faca com a qual lutar, para lutar por sua sobrevivência; uma faca para acompanhá-la no mar de aventuras desconhecidas logo à frente.

Chuàng (创): criar algo que nunca existiu, forjar um novo caminho, inovar, empreender, se empenhar; qualquer coisa que valha a pena ser feita requer uma pessoa para *chuàng*.

Eu tinha que agradecer ao Mark pela minha nova pilha de livros que chegava a 45 centímetros do lado da Poltrona de Camurça, como uma estalagmite. Repassara todos os livros mais uma vez, lendo os títulos e os resumos das contracapas, talvez até a primeira página. Um, em especial, o livro menor e mais fino, fez meu coração pular uma batida e se acelerar, então, pensei, parar completamente. *O velho e o mar*, mas também poderia ser chamado de *Pai*. Eu o li, em vários momentos nos dias que se seguiram, e achei que era tudo o que Mark falara. Beisebol e homenagem a um jogador que o velho crê ser o maior de todos os tempos – "tenha fé nos Yankees, meu filho. Pense no grande DiMaggio". O velho é um pescador e padeceu 84 dias sem peixes. No octagésimo quinto dia, fisgou um merlim e, em sua jornada para trazer o peixe para casa e vendê-lo num mercado, ele foi atacado por tubarões que sentiram o cheiro do sangue do merlim. O velho lutou contra os tubarões, golpeando alguns no focinho, matando vários com seu arpão. Mais tubarões apareceram e acabaram por devorar o merlim, deixando apenas seu esqueleto. O velho, porém, sobreviveu, regressou à praia e cambaleou até sua casa.

Eu gostei desse trecho, e até encontrei um lápis para sublinhá-lo de leve: "Depois se encostou ao mastro. Ficou sentado, descansando, e tentou não pensar: apenas aguentar".

No dia 10 de dezembro, caíram alguns centímetros de neve. Por causa desses centímetros, famílias se dirigiram em bandos até o Central Park, com trenós improvisados (bandejas de cozinha e cestos de lavanderia). Para descer deslizando pelos montes, cada criança precisava primeiro ser arrastada até lá em cima, e no final do dia, o monte, inicialmente branco, estava repisado e marrom. Eu me senti mal por aquele monte. A natureza deveria dominar a criança, e não o contrário.

A neve na cidade costumava ser leve. Neve em Michigan significava neve que caía de forma contínua. A cada vez que eu olhava para fora, mais uns trinta centímetros de neve tinham surgido, até que a janela ficava semicoberta e a porta fechada estava congelada. Nos dois invernos que passamos na Bay City, meu pai levou a Fang e a mim para uma montanha de esqui nos meses de janeiro e nos comprou passes para o dia. Nas oito horas seguintes, ele prometia estar no albergue, mas, para tirar o máximo proveito dos nossos ingressos, ele pedia que não fôssemos até lá procurá-lo exceto em caso de emergência, exceto se tivéssemos uma concussão.

Chuàng, ele berrava, enquanto agitava a mão num punho fechado.

Sem qualquer instrução, comecei a descer a colina. Desci direto, sem saber como fazer curvas, ou seja, apenas acelerando. A cada vez que eu caía, os esquis voavam sobre minha cabeça e, embalada, eu dava um mortal. Um, dois, três, e, rindo da excitação de três mortais, eu caía de dentes na neve, que tinha se endurecido e virado gelo.

Chuàng é para ser assim mesmo – uma mistura de perigo e alegria, prazer e dor.

*

NO MEU SEGUNDO DOMINGO de folga, eu me encaminhei outra vez a Greenwich para visitar minha mãe. Fang estava numa viagem a trabalho, e Tami e os meninos foram a um evento de Natal da escola. Bati por apenas cinco minutos até que um novo membro do corpo de empregados abriu a porta, a auxiliar, 1,57 m e 57,5 kg. Por causa da governanta, ela sabia como eu gostava de visitar e, sem uma palavra além disso, me conduziu pelo saguão de entrada e pelo corredor.

Mais uma vez, minha mãe e eu nos sentamos na cozinha. A auxiliar ferveu uma água e fez chocolate quente com a mesma. Ela colocou as xícaras na nossa frente e agitou uma lata de chantili. Se lhe perguntassem, minha mãe jamais admitiria gostar de doces. Mas minha mãe comia chantili da seguinte maneira: *Me diga quando parar*, mas ela nunca dizia *pare*; ela faria você manter seu dedo no botão até que fosse fisicamente impossível continuar. A auxiliar parecia já saber disso e encheu uma outra xícara bem maior com o chantili antes de entregá-la à minha mãe junto com uma minúscula colher dourada.

Enquanto minha mãe bebericava o chocolate quente e comia uma colherada de chantili, eu olhava com admiração para ela, para o peso que ela ganhara de volta nas bochechas, provavelmente da nata. Antes de deixar o cômodo, a auxiliar abriu as cortinas para que entrasse mais luz.

A senhora parece mais jovem, comentei.

Estou mais velha, minha mãe disse e assoprou o vapor. *Eles me disseram que você não vem para a Festa de Inverno.* As últimas duas palavras ela não falou em chinês, mas em vez de "festa", ela disse "testa". *Eles me disseram que você não vem para a Testa de Inverno.*

Fang e eu tínhamos conversado por mensagem sobre isso, respondi, *e ele já tinha me xingado por todo mundo.*

Ela disse que podia adivinhar os problemas entre ele e eu. Ela era nossa mãe, afinal de contas. *Filhos não mudam tanto assim*, declarou, *têm suas personalidades quando bebês, quando crianças pequenas, e* então mantêm essas mesmas personalidades quando adultos. *Mas por que Tami e você não se dão bem?*

Respondi que nos dávamos, sim.

Mas não são amigas.

Não.

Ela não é uma irmã mais velha para você.

E eu não sou uma irmãzinha para ela.

Sabe o que falam das mulheres Chongqing, sobre mulheres de Chongqing como Tami?

Que são bonitas? Porque era isso o que minha mãe falava sobre mulheres de todas as cidades chinesas. Nenhuma parte da China tinha mulheres feias, parecia, exceto Beijing, onde mulheres estudiosas e de cabelo curto viviam e comiam pato laqueado.

Não seja impertinente, ela advertiu. *Não me interrompa quando estou raciocinando. Eu ia dizer que, sim, embora as mulheres de lá sejam muito lindas, elas também sabem como viver a vida. Mas uma pessoa também deveria saber como viver com dificuldade, para poder apreciar o que é bom.*

Perguntei o que a minha mãe estava realmente tentando dizer.

É uma pena que Tami não trabalhe mais, não é?

Falei que não se podia dizer essas coisas sobre mulheres, sobretudo não nos Estados Unidos suburbano.

Mas Tami é uma mulher comum dos subúrbios?, minha mãe perguntou. Ela viera até aqui sozinha, entrara neste país por mérito próprio, com um visto de estudante para fazer faculdade. *Por que estudar tanto para conseguir tudo aquilo, só para se casar e ser mãe?*

Três crianças é muito.

Não são quatro nem vinte.

Mas não é zero.

Uma mulher precisa de uma coisa que seja só sua. Os filhos vão embora. Os filhos não são seus para sempre.

Eu não sou sua?, perguntei lentamente, olhando para baixo, para o meu chocolate quente.

É uma pergunta complicada.

É uma pergunta para ser respondida com sim ou não.

Você que acha, ela disse e depois calou. Ela tentou assoprar o vapor, mas o chocolate quente tinha esfriado.

*

O MESMO MOTORISTA DE TÁXI veio me buscar e parou diante do mesmo sinal vermelho. Ele perguntou pela minha mãe, e falei que a saúde física dela tinha melhorado muito.

Vinte minutos gastos em pensamentos e sentindo o vento dos carros passantes balançar o táxi de uma ponta a outra.

Meu irmão sempre gostara das chinesas, e não das nascidas nos Estados Unidos, mas as da China continental. Quanto mais dinheiro ganhava, mais magras se tornavam suas namoradas. Com Tami, percebi que havia aperfeiçoado seu tipo de mulher. Na primeira vez em que nos conhecemos, ambos trabalhavam com finanças e viviam juntos no extremo sul de Manhattan, em Battery Park City. O apartamento tinha vista para uma pontinha verde que se revelava ser a Estátua da Liberdade. Eu tinha que me mudar para Nova York, meu irmão insistia, já que na época ainda estudava em Boston. Uma vez que me mudasse para lá, nós três podíamos estar mais perto e fazer as refeições juntos, e talvez ele esperasse que sua futura esposa e eu pudéssemos ser amigas.

Tami era filha única de professores do Ensino Médio que a incentivaram academicamente, então ela chegou ao topo da sua classe, em todas as disciplinas, e foi mandada a Beijing para cursar a faculdade, onde continuou a se destacar. Daí de Beijing a Nova York para um mestrado em Ciência de Dados e onde, em um restaurante de *hibachi*,[5] ela conheceu Fang, por intermédio de amigos em comum.

Ela gostava de me lembrar que era mais velha, mas não tão mais velha assim, só três anos.

Naquele meio dia que passamos na Tiffany, Tami foi até lá para comprar suas alianças de casamento e para mandar limpar sua aliança

---

[5] Tipo de restaurante japonês em que a comida é feita em uma chapa diante do cliente. (N.T.)

de noivado. Nós duas nos demos conta de que não seríamos amigas, mas talvez ainda pudéssemos ser amigáveis.

Ela declarou que gostaria de comprar algo para mim, qualquer coisa que eu quisesse. A vendedora arrulhava atrás de mim. Garota de sorte. Mais comissão.

Falei que eu não precisava de nada.

Você não vai deixar eu comprar um presente para você?, disparou Tami. *O que você tem contra a Tiffany?* Subentendendo-se: "o que eu tinha contra ela?".

Usar algo daqui legitima você. Status, ela disse, suas pulseiras prateadas tilintando nos pulsos como uma etiqueta de preço. *Não seja ingrata, Joannie. Quando eu tinha a sua idade, eu teria agarrado a oportunidade de comprar algo aqui.*

Quando ela tinha a minha idade, três anos antes, aos 24, Tami ainda não tinha conhecido o meu irmão. O cortejo foi rápido e havia começado logo após aquela refeição no *hibachi*, e já que o visto de trabalho que mantinha Tami aqui no país estava para expirar, uma decisão foi tomada para acelerar o processo. Eu não queria pensar sobre isso, mas pensava. A mais americana das mentalidades se imiscuía. Moça chinesa, bonita e inteligente, de Chongqing, conhece meu irmão, o rouba, e usa meu irmão para atingir seu objetivo. Sem dar atenção ao fato de que ela também trabalhava muitas horas com finanças e continuaria trabalhando por mais dois anos, até engravidar do primeiro filho deles. Sem dar atenção também ao fato de que ela e meu irmão tinham valores profundamente similares e estavam muito apaixonados.

Do ponto de vista de altura e físico, eles combinavam bem. Com 1,75 m de altura, minha cunhada me lembrava um símbolo de uma integral ou o elegante furo em forma de *f* de um violino. Fang, de alguma forma, herdou o gene de altura e cresceu quatorze centímetros a mais que o meu pai, chegando a 1,85 m. Então, graças ao tênis e a uma dieta rica em proteína, ele se robusteceu até adquirir a forma do seu nome, um retângulo.

Quando finalmente me mudei para Nova York para fazer a residência, eles já tinham se instalado em Greenwich com o primeiro filho e um segundo a caminho. *Greenwich, diziam, é para aqui que você precisa se mudar na próxima vez. Para começar seu consultório particular, para comprar sua primeira casa. Os meninos precisavam de primos. Uma tia e um tio que morem perto.* Fang acreditava que uma família deveria crescer da maneira mais normal possível. Coisas estranhas ficavam para depois. Umas três ou quatro gerações depois, poderíamos nos dar o luxo de ser estranhos.

Perdi meu irmão no dia em que ele decidiu ser meu pai.

Óbvio, é claro. Pai imigrante realiza muito pouco e filho imigrante, tentando superar o pai, logra sucesso do nível incompreensível que só pode acontecer nos Estados Unidos. Logo, Filho Impossivelmente Rico começa uma família própria e se torna o novo patriarca no continente e passa a acreditar que sabe o que é melhor para todos.

Interrompendo meus pensamentos estava o gentil motorista de táxi, que havia aumentado a calefação para mim. *Como estamos aí atrás?*, ele perguntou, gritando acima do barulho do ventilador. *Quentinho? Não temos pressa.*

*

EM DEZEMBRO EU OUVI por duas vezes, e então enxerguei, na minha vizinhança, uma caravana festiva de veículos *off-road* descendo para o sul, pela Broadway, e depois para o leste pela 110th. Os veículos estavam decorados em papel de embrulho vermelho e verde, seus motoristas estavam vestidos em macacões verdes, com chapéus de elfos, e num raio de 1,5 km todo mundo conseguia ouvir a música a todo volume, o Papai Noel estava vindo à cidade. Carros e ônibus abriam caminho; pedestres paravam de atravessar as ruas. Então, no finalzinho da parada, o Papai Noel chegava sobre um gigantesco caminhão vermelho com rodas enormes, dançando, balançando os quadris, com uma tradicional roupa vermelha, com óculos escuros refletores de aviador e uma barba grande e preta. Eu ficava atônita a cada vez que via aquilo, mas, como todos os pais, mães e crianças na calçada, acenei para o Papai Noel ambas as vezes.

*

ERA DIA DE *TATER TOTS*[6] no refeitório do hospital, e eu tinha acabado de me servir um prato cheio e saído para procurar um lugar. Reese estava a uma mesa comendo sozinho um sanduíche triste, nada de *tater tots*. Quando fui me sentar a seu lado, colocando a bandeja cheia de quitutes fritos no centro da mesa para que nós dois comêssemos, ele não me cumprimentou como de costume, mas começou a falar como se eu estivesse estado sentada lá o tempo todo.

Ontem, eu tive uma epifania, ele falou.

Sobre?, perguntei.

Era sobre reconhecer algumas verdades difíceis a respeito da situação dele. A primeira era que aquele hospital não era mais o seu lugar, nem qualquer outro hospital; a segunda, mais severa – e ele perguntou se eu estava pronta para ouvi-la e respondi que eu estava – era que a Medicina não era mais o lugar dele, para começar. *Olhando retrospectivamente, o que estou fazendo de verdade com a minha vida? Todos esses anos tentando me adequar num molde quando talvez nunca tenha sido feito para caber em um, mas o contrário.*

Perguntei qual era o contrário.

Era que o molde deveria se encaixar nele. Que ele era o molde.

Você é o molde, falei. O que, quando eu disse em voz alta, não me pareceu muito certo e só me lembrou de fungos.[7]

Perguntei se aquilo tinha a ver com o meu aumento.

Nem pensar, ele respondeu. *Faz eras que não penso nisso*. O fiambre do sanduíche dele caiu, a alface estava ficando murcha.

Falei que ele receberia seu próprio aumento em breve; dava para saber.

Mas de agora em diante, vão dar tudo para você, ele respondeu. *É assim que funciona. Uma vez que identificam alguém, essa pessoa colhe todas as recompensas. Ao fim e ao cabo, Joan, você realmente pertence a esta profissão, ao passo que eu não tenho certeza se já pertenci.*

---

[6] Bolinhos fritos de batata ralada. (N.T.)

[7] *Mold*, em inglês, significa tanto "molde" quanto "bolor". (N.T.)

Comparado a você, eu nunca serei bom o suficiente. Um sentimento terrível, ser medíocre ou menos que isso. Tenho certeza de que você nunca o experimentou, então não faz ideia do que estou passando, mas é um sentimento muito forte este aqui.

Ele pôs uma mão sobre o peito. Eu perdi o apetite por bolinhos de batata.

O que mais você poderia fazer?, perguntei.

Ele me contou que tinha se feito a mesma pergunta, o que precipitava uma epifania ainda mais terrível sobre sua falta de contribuição, caso continuasse no atual caminho de mediocridade. *Um homem precisa deixar um legado profissional*, ele enfatizou, *ao passo que uma mulher nem sempre precisa se preocupar com isso, uma mulher não sofre a mesma pressão.*

Respondi que eu me importava com um legado profissional; sofria as mesmas pressões que ele nesse quesito e queria ser mais do que apenas a esposa de alguém.

Ele pareceu surpreso ao me ouvir dizê-lo. E explicou que estava se referindo a "mulher" no sentido abstrato, não se referia a mim especificamente.

Oh, falei, e ele continuou falando sobre essa mulher abstrata como se eu não tivesse nada a ver com ela.

Uma mulher, biologicamente, é apta a se reproduzir, ele disse, *e, se ela escolhe fazê-lo, seu legado está garantido, sem preocupações quanto ao que mais ela pode oferecer ao mundo, pois já lhe deu um ser humano. Mas um homem não consegue engravidar sozinho. Um homem precisa forjar o próprio legado e criar algo do nada.*

Tentei parecer surpresa com as declarações dele, arquear um pouco as sobrancelhas e mostrar que não tinha me dado conta disso antes – que Reese, sendo um homem, não tinha ovários que liberassem um óvulo por mês para ser fertilizado, e que, se esse óvulo não fosse fertilizado por um espermatozoide vitorioso, o revestimento uterino de dezesseis milímetros que havia se preparado para receber e fertilizar o óvulo, o zigoto, se descamaria, a cada mês, pedaço por pedaço, e sairia do útero como um punhado de tomates maduros passados no liquidificador.

Falei que, embora eu não conhecesse pessoalmente essa mulher abstrata, imaginava que uma vez que encontrasse seu homem abstrato, ela provavelmente diria a ele para ir se foder e cair fora.

Cair fora?, ele perguntou.

Sim, isso mesmo.

Perplexo, mas não necessariamente ofendido, ele disse que estava muito cedo para palavrões e que não tinha entendido muito bem o que eu queria dizer.

*

A MORTE ESPREITA A ÚLTIMA semana de dezembro, e o dia de Ano-Novo é consistentemente o mais mortal do ano. O clima, a influenza, os acidentes de carro, o abuso de drogas nas festas, os estresses familiares, o excesso de comida e da obrigação de estar sempre alegre, mas nenhuma causa verificável foi encontrada.

Era o primeiro Natal de plantão de uma médica recém-formada e, depois de poucas horas, ela já tinha atingido o ápice da tristeza. Todos eles passavam por ciclos de tristeza, e, se encontrasse um deles no ápice da tristeza, te puxariam de canto para vocalizar que ninguém avisara que seria assim. Ser médico, quer dizer. Meio tedioso, na verdade, muito mais trabalho corrido do que se imaginava, verificando números e depois verificando de novo, extenuante e tedioso, a mesma rotina todos os dias.

Enfermeiras, por outro lado, raramente se deixavam abater ou ter uma crise existencial. Não andavam por aí com um ar solene e, caso precisassem de uma pausa em todo o drama, simplesmente iam lá para fora por cinco minutos, então voltavam recarregadas. Enfermeiras traziam caçarolas inteiras de lasanha feita em casa e pratadas de biscoitos confeitados para compartilhar. Decoravam a sala dos residentes com bonecos de neve usando monitores multiparamétricos, com cada boneco de neve trazendo o nome de um residente. As enfermeiras da nossa unidade confortaram a residente por perder seu primeiro Natal parabenizando-a por seu primeiro distintivo, e um *ei, coma mais um biscoito*, e duas colheradas de lasanha recém-saída do micro-ondas.

Você não precisa se importar com as pessoas para ser médico, mas para ser um enfermeiro, precisa, sim.

Como médico, você não precisa de senso de humor, mas, como enfermeira, é uma boa ajuda.

Os dias entre o Natal e o Ano-Novo são chamados de "períneo", uma enfermeira mais velha disse a uma mais nova na estação de enfermagem. *Sabe o que isso significa, não?*

Da anatomia. O períneo: nos homens a região superficial piramidal entre o ânus e o escroto; nas mulheres, entre o ânus e a vulva.

*

DURANTE A SEMANA DE PERÍNEO, eu encontrei uma televisão Samsung sobre um suporte na porta do meu apartamento. Bati à porta de Mark e disse, através da madeira, que as coisas dele estavam de novo bloqueando meu caminho e impedindo que eu entrasse em casa.

Minha tevê?, ele indagou, saindo. *É a sua tevê. Surpresa! Os melhores presentes de Natal são aqueles que menos esperamos! Ou que não desejamos.*

A Samsung havia lhe sido muito útil até que, recentemente, ele comprara uma nova. Não havia nada de errado com o televisor antigo, e ele não queria ser uma dessas pessoas que jogam eletrônicos fora todos os anos. Julgava um desperdício quando as pessoas trocavam de celular sempre que possível e ele mesmo tinha um modelo de iPhone tão velho que nem estava mais disponível, seu software nem era mais atualizado. Ele me mostrou o iPhone, que tinha uma longa rachadura na tela e era muito pequeno. Mark parecia bem orgulhoso, e me lembrei da minha prima que, quando me mostrara seu celular de tela grande com uma capa dourada com strass, parecia tão orgulhosa quanto. Meu pai acreditava firmemente que Oriente e Ocidente nunca se dariam bem, nunca concordariam. Mas talvez pudessem, eu acreditava agora, já que Mark e minha prima nunca brigariam pelo mesmo celular.

Resumindo, ele continuou, *por favor, fique com isso*.

O celular?, questionei.

Não, com a tevê. Uma televisão poderia me ajudar a relaxar, e, depois de sua última visita e de se sentar naquela cadeirinha terrível, Mark achou que meu apartamento era vazio demais. Se não soubesse que eu morava lá, ele imaginaria que ninguém morava. Então começou a falar sobre vazios e que ninguém deveria precisar viver neles nem mesmo ver essa palavra impressa. *O vazio deve ser evitado*, ele disse, e como estava cansada demais para contra-argumentar, levamos a televisão nova-velha para dentro enquanto ele falava. Ele recomendou que, no dia seguinte, eu ligasse para a companhia de tevê a cabo, e me enviou o número por mensagem. Se eu não estivesse em casa em nenhum dos horários disponíveis da companhia, ele se oferecia para fiscalizar o processo de instalação para mim, mediante uma pequena taxa.

Claro, concordei, e ele me fitou com olhos enormes e disse que estava brincando. *Por que haveria uma taxa? Somos bons vizinhos*, ele pensava, *talvez até sejamos amigos?*

Assenti e ele sorriu, correndo a mão pelo cabelo, hoje volumoso, e meio alto na frente.

Também sorri, mas de nervoso já que Mark precisava sair para que eu pudesse tomar um banho, comer e me preparar para outro turno de trabalho no dia seguinte. Sujeira e suor rolavam pelas minhas costas e, sob meu casaco, o uniforme estava respingado de sangue. Eu já teria tirado o casaco, mas não queria que as listas vermelhas assustassem meu vizinho e o fizessem desmaiar.

Com a televisão e seu suporte empurrados contra a parede que dava para o oeste, Mark se preocupou que o brilho vindo da janela pudesse ser forte demais e comprometer a imagem. *Deveríamos colocá-la contra a outra parede*, ele disse, *girar a poltrona de camurça e tentar desse jeito*. Mas então ele percebeu que meu cabo coaxial ficava na parede que dava para o oeste, então, se transportássemos toda a aparelhagem para o outro lado, cabos teriam de ser discretamente colocados junto ao rodapé.

Certo, falei.

Mas, de verdade, qual parede você prefere? Ele teria de dizer isso para o cara da tevê a cabo quando ele viesse.

Eu havia concordado em deixar que Mark supervisionasse a instalação? Devo ter concordado, mas de qualquer jeito não conseguia me lembrar de quando e como. Falei que ambas as paredes pareciam razoáveis.

Nenhum de nós dois se mexeu nem disse nada depois disso. O cômodo estava pouco iluminado, e Mark estava na sombra, olhando para o rodapé, como se desejando que algo aparecesse. Então, instintivamente, eu soube. Fui até a gaveta da cozinha e tirei dela a chave extra para o apartamento 9A. Agitei-a segurando-a pela argola do chaveiro como um sino para chamar para a hora do chá. Era essa? O prateado da chave refletia e brilhava, e assim que Mark viu o que eu estava segurando, sua expressão mudou.

Embolsando a chave, ele disse que seria uma honra, e, dirigindo-se para a porta, expressou gratidão e entusiasmo por termos nos tornado, conforme ele esperara, verdadeiros vizinhos, no sentido nova-iorquino da palavra.

*

LIGUEI.

Estamos com uma promoção de duzentos canais por tempo limitado, disse uma grave voz masculina ao telefone, *apenas 49,99 dólares ao mês durante os três primeiros meses, depois há uma tarifa com um pouco menos de desconto, mas você pode cancelar a qualquer momento ou ligar novamente para perguntar sobre novas ofertas.*

Enquanto Mark estava supervisionando o rapaz da empresa de tevê a cabo, eu supervisionava uma residente que aprendia a colocar um cateter venoso central. O cateter venoso central é inserido na jugular para tirar ou injetar fluidos, e, enquanto eu explicava isso aos meus residentes, num período de mais ou menos dez minutos, Mark me enviara uma série de mensagens de texto, a maioria das quais eram fragmentos de frases aninhados em seu próprio balão de fala que faziam meu celular vibrar.

O cara da Spectrum concorda comigo.
Sobre o brilho e a visibilidade,
Se deixarmos a tv na parede que dá pra oeste.
Mas tem outro problema.
O cabo é preto.
E os rodapés são brancos.
Então, para correr um fio discretamente
Vai ser difícil.

Parei de ler depois disso, e pus o celular de volta no meu bolso, no silencioso. Expliquei para a residente o que ela precisava fazer, passo a passo, para colocar o cateter. Ela era do tipo ansioso, aquele que não para de balançar a cabeça, mas eu não sabia o quanto estava sendo processado a cada aceno. Perguntei se ela tinha alguma dúvida. *Não, nenhuma dúvida,* ela disse, ainda balançando a cabeça. Então, antes que o passo 1 pudesse acontecer, ela largou a agulha estéril no lençol estéril e a agulha rolou do lençol para o chão, não estéril. Então, ao tentar pegar a agulha no meio do trajeto com ambas as mãos, ela também deixou cair a sonda de ultrassom usada para encontrar a veia.

Não tem problema, falei, pensando na minha experiência com o bagel recheado de morango depois do abraço de Madeline. *Essas coisas acontecem. Não faz mal.*

Constrangida, a residente não parava de me pedir desculpas e tocar o rosto com mãos enluvadas que já continham um resíduo amarelo. Pedi que parasse de fazer ambas as coisas e que fosse trocar de luvas. Quando pude verificar de novo meu celular, minha tela estava repleta de mensagens de texto de Mark:

Então, em qual parede vai ser?
Você decide, mas o cara está com pressa.

Cinco minutos depois veio a última série de mensagens:

Decidi levar a tevê para a parede que dá para leste
Por causa do brilho,
Que veio com tudo, enquanto nós
Estávamos de pé.
Mas para esconder o cabo, o enrolamos
Em fita crepe branca e o fixamos junto ao rodapé,

Assim.
Ele mandou uma foto.

*

CERTA NOITE, EU PASSEI PELOS duzentos canais só para ver. Havia todos os tipos de programação: programas de culinária e padaria, programas sobre decoração doméstica, compras sem sair de casa, noticiário local, noticiário internacional, o canal da previsão do tempo, programas de entrevistas, programas sobre jogos, programas baseados em histórias verídicas sobre pessoas solteiras tentando encontrar o amor, sobre mulheres solteiras que se tornavam esposas enlouquecidas, esposas enlouquecidas em todas as cidades, programas sobre famílias com vinte filhos, famílias que só recortam cupons de desconto e famílias que nunca jogam nada fora.

Tevê a cabo era, conforme Mark previra, relaxante, e descobri que não havia nada que eu não pudesse assistir, exceto os dramas médicos do horário nobre nas quais o protagonista era sempre um homem sem escrúpulos que corria ao lado das macas, e depois tentava reformar (destruir) o sistema de saúde. Os médicos inescrupulosos geralmente se pareciam com Reese, e, como se preocupados que a audiência ou os colegas do programa esquecessem, ficavam o tempo todo lembrando a todos nós que eles eram médicos.

*

VAMOS PARA VAIL, Fang anunciou, abruptamente. Ele ligara na manhã seguinte à Festa de Inverno para dizer que, dentro de alguns dias, todos eles iriam partir em viagem de férias, e pela maior parte do mês seguinte. O Colorado era, na opinião de Fang, o estado mais bonito. *Nossa mãe não vai esquiar, mas pelo menos poderá respirar um pouco do ar fresco das montanhas.* Eles haviam escolhido uma cidadezinha de esqui e uma pousada com amenidades de outro mundo, e ficariam num chalé privativo com jacuzzis, no plural.

Imagino que você não queira vir?, ele perguntou. Para esquiar ou ficar com nossa mãe, já que a auxiliar recebera aquelas semanas de folga. *Imagino que precise trabalhar o mês todo para evitar de passar tempo conosco.*

Falei que ele não estava sendo justo.

Estou errado?

Não, respondi, *mas não se trata só de estar certo ou errado.*

Há o certo e há o errado, ele disse, no mesmo tom que usava para falar de lucro, sobre perdas e ganhos.

Falei a ele sobre o meu aumento, esperando que, quando recebesse a notícia, meu irmão ficaria um pouco mais contente.

Mas o seu cargo é o mesmo?, ele perguntou.

Sim.

Peça uma promoção de verdade na próxima vez. Diga ao seu diretor que ou ele a promove, ou você vai embora. Seja mais agressiva.

Repreensão é amor, e lá estava eu, aos 36 anos, ainda sendo amada.

Ele perguntou por que eu era sempre tão indiferente.

Não é a minha intenção, falei, *apenas é assim que minha voz, tom e expressões faciais parecem funcionar.*

Eu também não gostava da palavra *indiferente*. Ficava a apenas duas letras da palavra que eu odiava.

Meu irmão começou então a fazer uma série de perguntas pesadas, que era outra técnica usada por ele para exaurir seu interlocutor. Indagou se a minha indiferença a uma troca de cargo estava ligada à minha recusa de começar um consultório particular. Ou se isso estava ligado à minha recusa de deixar uma cidade caótica por um lugar com mais conforto e espaço. Ou se minha inabilidade de tirar folga vinha da falta de confiança no meu próprio valor ou de uma natureza masoquista. Ou de ambos. Meu irmão nunca foi capaz de pronunciar essa palavra perfeitamente, ele disse, em vez disso, *mais estatística*.

Será que eu era *mais estatística*?

Mas Fang continuou: *Você precisa defender melhor os seus interesses. Você precisa isso e aquilo.*

Fundamentos de negociação: se uma pessoa não pede, ela não vai receber.

Depois de dizer tudo isso, ele ainda achava que meu problema maior era de perspectiva. Eu não enxergava o sucesso do mesmo jeito que ele ou Tami e não dava bola para a aparência exterior do sucesso, ainda que manter uma fachada, mesmo que superficial, fosse essencial para subir na vida. A razão de eu não conseguir entender essas questões tinha algo a ver com minha atitude, ele acreditava, com eu achar repulsivo qualquer sinal de riqueza. Eu os *chóufù* – um verbo que significa "odiar os ricos".

Eu não chóufù ninguém, falei.

Tami pensa a mesma coisa.

Ela também chóufù você?

Ela acha que você não respeita o nosso progresso, que não se importa conosco no nível certo e despreza tudo o que conquistamos.

De novo, nem tudo o que Fang disse estava errado.

Em suas observações finais, meu irmão enfatizou que, se não se importasse comigo, não daria bola para nada do que eu fizesse. Mas que, se ele não comunicasse suas preocupações, então quem o faria? Eu era parte da família e ele simplesmente queria me ver tendo êxito. Então, quando voltassem do Colorado, esperava que algumas coisas mudassem. *Você virá nos ver com mais frequência. Virá ao Ano-Novo Chinês. Inegociável.*

*

EM ALGUM LUGAR LÁ FORA há um vídeo de uma ameba fazendo sua refeição. Ampliada em cem vezes e numa velocidade dobrada, os apêndices da ameba começam a se estender e a cercar um paramécio nervoso. Os apêndices, grandes e translúcidos, tocam como dedos, dedão e indicador. *Ok*, esta ameba diz enquanto seus dedos engordam, diminuindo o pequeno círculo de espaço até que o paramécio é absorvido. Conversar com o meu irmão era um pouco assim. Eu, o paramécio; ele, a ameba.

*

COMO UMA EQUIPE, MEUS PAIS trabalharam bem juntos. Minha mãe era melhor em enxergar as coisas a longo prazo, em perspectiva; meu pai era capaz de resolver questões cotidianas. Ele deixava bilhetes pela casa para lembrá-la de desligar as luzes, de bater de leve no botão da descarga quando a água não parava de correr, de sempre colocar a correntinha na porta quando ele não estivesse em casa. Meu pai guardava todos os nossos passaportes e documentos importantes em um só lugar. Ele colocava os óculos dos dois nas mesas de cabeceira da cama deles.

Mensagem da minha mãe: *Não encontro meus óculos de leitura. Não me lembro de onde coloquei.*

Procure nos banheiros.

Procurei em todos os banheiros.

Use o par extra.

Esse era o meu par extra.

Telefonema da minha mãe: *Estamos prestes a ir para o aeroporto e não encontro meu passaporte. Não encontro meu* greencard.

Mesa de cabeceira?

Por que eu colocaria uma coisa dessas ali?

Pode procurar na sua mesa de cabeceira?

Barulho de coisas sendo reviradas. O telefone é abaixado, então pego novamente.

Encontrou?

Mas como é que vou saber se este é o meu passaporte?

Tem seu nome?

Não encontro meus óculos de leitura.

O chalé tem lareiras demais, ela me escreveu após chegarem ao aeroporto atrasados, embarcarem no avião por último, viajarem durante cinco horas, desembarcarem e fazerem o check-in. *E são altas demais, essas lareiras, são mais altas do que eu.*

Você me viu tomando meu remédio para pressão hoje de manhã?

Eu respondi que não tinha visto. Já que isso não seria possível.

Tami diz que me viu tomando, mas acho que não tomei. Falei algo para você sobre ter tomado?

Respondi que ela não tinha me dito nada.
Desliguei as luzes?
Luzes?
Estou no chalé agora, mas não sei se desliguei as luzes lá no meu quarto. Tami diz que eu desliguei, mas será que eu deveria ir até lá e checar?

*

PLANTÃO NA NOITE DE ANO-NOVO. Toda a minha equipe usou chapéus de festa, e, quando deu meia-noite, alguns de nós erguemos as mãos com os indicadores espetados no ar e dissemos *u-hú*.
Resoluções?
Enfermeira mais velha: *É, finalizar meu divórcio*. Momentos antes da enfermeira mais nova anunciar que tinha noivado.
Ah, querida, parabéns, disse a enfermeira mais velha. *Não dê bola para o que acabei de falar*. O divórcio estava correndo melhor do que ela esperara.
Meus pais não costumavam ser supersticiosos, mas meus avós paternos eram, e ocasionalmente meu pai me presenteava com um pouco de tradição chinesa. O mais antigo dos calendários chineses seguia um ciclo de sessenta anos, era um ciclo sexagenário, dos quais o trigésimo sétimo ano era de extrema má sorte. O trigésimo sétimo ano de ciclos passados: 1840, começo da primeira Guerra do Ópio contra a Grã-Bretanha; 1900, Revolta dos Boxer; 1960, continuação da Grande Fome e o Grande Salto para a Frente, durante o qual milhões de chineses morreram de inanição e meu pai ainda era criança pequena. Então, nos seus anos de adolescência, começando em 1966, veio a revolução que duraria uma década.
Que revolução?, eu perguntava.
Que revolução, ele respondia, mas não lhe dava um nome.
(*Wéngé*, sendo *wén* "cultura"; e *gé*, "remover", como se remove a pele de um animal no processo de curtição do couro.)
Meu pai não era bom em motivar ou em confortar, e eu não era uma criança que orbitava em volta de elogios. Mas quando ainda morávamos sob o mesmo telhado, ele às vezes me dizia, *eu sei do que*

você é feita, filha, porque eu me conheço. Coragem. Força. Onde quer que meu pai estivesse agora, esperava que ele não tivesse se esquecido de sua determinação.

*

JANEIRO ERA O MÊS DO BEM-ESTAR no hospital, e o RH nos mandava lembretes diários sobre parar para almoçar e para nos juntarmos a um pequeno grupo para uma sessão gratuita de ioga à tarde. Enviavam-nos pacotes de meditação, amostras de chá de camomila e pesquisas por e-mail sobre nossa saúde. *Você se sente fisicamente apta para trabalhar? Numa escala de 1 a 10, quão bem você se sente?* Achei essa última pergunta confusa. Dez era bem, ou 1 era? Porque para pacientes havia uma escala similar: em cada sala de exame uma série de desenhos de rostos iam de feliz a triste, representando 1 a 10 para dor, e "bem" nessa escala era um 1, enquanto 10 significava "péssimo".

Antes do advento de um mês inteiro de bem-estar, havia tido a semana do bem-estar. Antes disso, tinha sido só um dia. Eu não tinha nada contra Quarta-Feira do Bem-Estar, ou Semana do Bem-Estar; achava que o nome pegava. Mas Mês do Bem-Estar não soava tão bem, e, considerando-se a lenta tendência de crescimento, Ano do Bem-Estar seria o próximo passo.

O que significava bem-estar, afinal de contas? Era algo como o Lago Ness, um lago aparentemente plácido com um monstro imperscrutável escondido lá dentro?

Os seminários ao longo do mês focavam em nutrição e alimentação saudável, ergonomia e prevenção de lesões, manejo do estresse versus produtividade. Vi o diretor na última, bem lá no fundo; sua boca pendia aberta como se estivesse assistindo a um show ruim de mágica. Coloque a produtividade de seus funcionários em uma cartola e veja-a desparecer. Ponha a sua própria produtividade em uma caixa, agora serre-a no meio.

Por uma semana, Reese foi o centro das fofocas. Ele estava escalado para trabalhar naquela semana, mas não havia aparecido. *Poesia difícil* ficou sem um especialista por uma manhã inteira, um grande caos se seguiu, e um médico titular precisou substitui-lo. Madeline e eu tentamos ligar para Reese, que não atendeu. Enviamos um e-mail para ele, e nenhuma resposta automática fora programada. O diretor até passou pela sala compartilhada, só para dar uma olhada.

Ninguém está de olho nele?, perguntou. *Como é que o Doutor Olhos Azuis desaparece?*

O mistério foi solucionado quando o RH reportou ao diretor, que então nos informou, que Reese tinha solicitado e obtivera uma licença de bem-estar que se estenderia até o final de janeiro. O diretor só ficou sabendo depois do fato consumado, porque, com saúde mental e deficiências, um empregador não deveria e não poderia interferir. Essas licenças constavam nos nossos contratos para serem tiradas de tempos em tempos. Uma prerrogativa do emprego que nunca pensei que as pessoas de fato usassem.

Uma noite, quando eu estava de saída, o diretor também ia saindo e nós nos cruzamos no saguão após o café já ter fechado. O colarinho do seu casaco estava virado e os cadarços das suas botas para neve estavam desamarrados. Perguntei o que ele ainda estava fazendo ali tão tarde já que alguém do seu calibre podia ir embora às 16 horas. *Minha mulher*, ele respondeu. Ela estava visitando a irmã no norte, por alguns dias, e sempre que isso acontecia e ele ficava sozinho, o diretor podia ficar no trabalho por quanto tempo quisesse. Fazia ele se lembrar de quando era mais jovem, e adorava isso. Então ele perguntou para mim, não necessariamente como meu chefe, esclareceu, mas como um colega preocupado com outro colega, se Reese estava bem, e quis saber se ele andava se comportando de um jeito estranho antes de solicitar a licença. *Ele falou alguma coisa sobre isso com você?*

O diretor evitava fazer contato visual. Ouvi passos a nosso redor, mas era só um segurança caminhando e outro indo até o lixo para jogar fora uma lata de refrigerante.

Contei que Reese parecia sensível ultimamente, mas que ele sempre tinha sido bastante sensível.

Será que ele faria, por exemplo, uma reclamação formal?

Reclamação, senhor?

Contra mim ao RH.
Por?
Por ser severo demais.

O diretor ainda evitava fazer contato visual e apoiara a perna esquerda numa saliência para amarrar seus cadarços. Quando se abaixou, ele gemeu. Como um *T. rex*, sua cabeça era grande demais para sua compleição e ele tinha braços desproporcionalmente curtos.

Falei que Reese e o RH tinham uma ligação especial sobre a qual eu nunca quis perguntar nem me envolver, mas, na prática, eu não entendia o que havia de tão assustador no RH, o departamento parecia gerenciado de forma decente e contava com pessoas competentes. O RH não era nem de longe tão ruim quanto o CRI, que era nosso Conselho de Revisão Interno, ou conselho de ética. Qualquer tipo de pesquisa envolvendo humanos, qualquer consulta ou coleta de sangue de alguém que participasse de algum estudo precisava passar por eles, e, ao passo que o RH estava sempre presente, quase onisciente, ninguém sabia de fato como o CRI funcionava ou quem trabalhava lá, quase como o IRS.[8]

O diretor contou que ambos os departamentos eram estritamente regulados, mas o RH era ainda mais, já que podia se envolver na vida pessoal dos funcionários.

Respondi, *Eu nunca tive problema com eles.*

Mas assim que eles descobrem uma discrepância, é fim de jogo. Nunca lhes dê o menor motivo que seja para dúvidas.

Dúvidas sobre o quê?

O diretor finalmente tornou a ficar ereto e me olhou nos olhos. Ele levou um dedo à boca, embora eu não soubesse que era paranoico.

Questionei, *Se você está preocupado, eu também deveria ficar?* Algumas semanas atrás, eu tomara uma página do livro de fonoestética do próprio diretor e havia dito a Reese como uma mulher hipotética poderia mandar um homem hipotético cair fora imediatamente.

---

[8] Internal Revenue Service: órgão do governo americano responsável pelos impostos federais. (N.T.)

A boca do diretor estremeceu; suas pupilas se tornaram dois pontos negros em duas esferas brancas. *Você o quê? Cair fora imediatamente e não só cair fora? Mas isso poderia levar alguém além dos seus limites, não poderia? Uma pessoa que já fosse instável.*

Ele parecia ok com isso, na verdade, falei. *Ele não entendeu o que eu quis dizer.*

Pior ainda, respondeu o diretor.

Estávamos perto da porta de saída do saguão, suficientemente longe para ela não abrir automaticamente, mas perto o suficiente a ponto de vermos a respiração das pessoas que caminhavam lá fora.

Bem, ele disse, *não está nas nossas mãos agora, é o que é, e o jogo está feito.* Quando o diretor apelou para essas expressões, eu soube que ele estava no seu limite linguístico. *Qual é o oposto de matar dois coelhos com uma cajadada só?*, ele me perguntou.

Indaguei, *Ahn?*

O oposto. Tipo, nós somos dois coelhos que talvez tenhamos matado um terceiro com o nosso cajado.

Expliquei que pássaros podem fazer várias coisas que humanos não podem, como voar, mas pássaros não podem apanhar pedras e jogá-las como projéteis, de forma que não existe essa expressão.

A falta de uma expressão inglesa perfeita para o nosso dilema parecia frustrá-lo e o diretor fez um som de *grr*.

*

QUANDO EU ESTAVA NO MEU APARTAMENTO, a televisão ficava ligada. Eu nem sempre a assistia, mas gostava do som das pessoas conversando em baixo volume, era tranquilizante, mesmo quando aparentemente se tratava de uma hora de comerciais.

Quando eu finalmente ouvi o nome "Jerry", saí da cozinha onde estivera esperando que a água fervesse para encher meu macarrão instantâneo. Na tela, vi um homem baixo, de aparência engraçada, chamar um homem alto e também de aparência engraçada de Jerry. "George e Jerry". Estavam no apartamento de Jerry, e então, na hora certa, outro homem alto de aparência engraçada e com um cabelo fofo, usando uma camisa grandona quadriculada, entrou atabalhoadamente. Ele se movia e falava de um jeito sincopado e, dos três, parecia ser aquele com os nervos mais agitados. Algo engraçado foi dito por Jerry, então por George, então por Kramer. A claque de risadas não parava.

Mais folhetos chegaram para mim pelo correio. Vários catálogos de resorts de esqui para férias (para as montanhas!) e um de destinos tropicais *all-inclusive* (reserve agora, por que esperar?).

Uma revista chamada *Awake!* A manchete principal dizia que uma vida livre de estresse é possível. Manchetes menores e a primeira página: "O que causa o estresse? Divórcio, morte, doença, criminalidade, perda de emprego, desastre naturais, o ritmo enlouquecido da vida. Como lidar com o estresse. Um, não se comprometa com mais trabalho do que é capaz de dar conta. Dois, mate seu estresse com gentileza". Dezesseis páginas.

O mais grosso dos envelopes de papel acetinado logo chegaria também para mim. Vermelho tomate, vermelho fogo, o vermelho de sangue rico em oxigênio. Percebi que o carimbo postal daquele convite era de semanas atrás, então deve ter se atrasado. A data da festa era dali a duas semanas, no final da Semana Dourada do Festival de Primavera, no dia 1º de fevereiro.

Logo seria o Ano do Rato e uma parte enfeitada do convite explicava o que aquele ano vindouro significava: "Homens nascidos neste ano são curiosos, hábeis e se adaptam facilmente a novos ambientes. Já as mulheres são organizadas, caprichosas e dão muito valor à vida em família. Famosos que são do signo do rato: a estrela do futebol Cristiano Ronaldo; a estrela máxima do basquete LeBron James e O Grande, Wayne Gretzky. Junte-se a nós em nossa casa para celebrar história, família e a importância da união".

Me perguntei por que Fang parara ali. Ele poderia ter continuado a listar pessoas famosas nascidas no Ano do Rato. Levei só um minuto no Google para encontrar mais.

A ativista de direitos civis Rosa Parks.

O cientista da computação Alan Turing.

O ex-presidente Richard Nixon.
O primeiro mamífero clonado do mundo, a ovelha Dolly.
Papai.

*

NO FINAL DE DEZEMBRO, na cidade de Wuhan na China, algumas pessoas haviam contraído pneumonia, com um aglomerado de casos oriundos de uma visita a um mercado de peixes no início daquele mês. Durante o mês de janeiro, mais casos foram surgindo e os detalhes sobre eles eram escassos. Exceto que não era uma pneumonia, mas sim um novo tipo de doença, um vírus desconhecido, possivelmente derivado de morcegos que estavam sendo vendidos de forma ilegal no mercado. Eu não sabia se deveria ficar atenta ou não. Nunca fora a Wuhan e não era virologista. Minha mãe não me enviara uma mensagem sobre isso nem meu irmão. O noticiário local tocou no assunto brevemente e passou direto para a previsão de tempo e para os atrasos no trânsito. O noticiário internacional gastou um minuto a mais na China e então passou para as instabilidades no Oriente Médio.

Mas os vírus sempre me fascinaram, e eu não conseguia olhar para o horizonte de Nova York sem pensar neles. As caixas d'água de muitos prédios me lembravam bacteriófagos, ou vírus que infectam bactérias, com uma cabeça envolta em capsídeo e pernas que podem se grudar ao hospedeiro e forçar a entrada. Era fascinante para mim que vírus pudessem infectar células vivas e tomar conta delas não sendo seres vivos. Apenas transportadores de código genético, apenas genes envoltos por uma membrana. Por não estarem vivos, os vírus não são governáveis por leis evolucionárias como a sobrevivência do mais apto ou a força reprodutiva. Então, sem essa obrigação e propósito básicos, como foi que persistiram durante milênios, invadindo célula após célula? Pragas, os resultados são sempre ruins para animais, para humanos, mas os vírus em si não são nem bons nem maus. Não têm compasso moral nem desejo de viver, então a única razão que eu encontrava para a existência deles era: puro acaso.

*

EM 17 DE JANEIRO, uma sexta-feira, por volta das 15 horas, quando a nossa sala parecia receber o maior número de visitantes, uma mulher desconhecida entrou e perguntou se eu podia lhe dedicar um momento do meu tempo. Outra médica especialista se encontrava no recinto, mas ela estava do outro lado da sala, usando grandes fones com cancelamento de ruído que pareciam protetores de orelhas, forcejando nos seus e-mails a uma velocidade de cem palavras por minuto.

Onde devo me sentar?, a mulher perguntou, e gesticulei na direção da cadeira vazia de Reese, que tinha uma escrivaninha bagunçada para a qual eu tentava não olhar. Canetas estavam jogadas por todos os lados e os papéis estavam espalhados, círculos marrons onde xícaras de café haviam estado. Parte de suas prateleiras colapsara no dia anterior, sobre a mesa e o teclado. Contrariando meus conselhos, ele as fixara à parede com fitas dupla face em vez de parafusos de verdade.

A mulher percebeu e disse que a mesa era uma violação de vários protocolos de saúde, praticamente uma negligência.

Meu colega de trabalho não está bem, falei.

Quem? Ela perguntou e, depois que lhe contei, escreveu uma anotação para si mesma em um pequeno caderninho espiral que ela guardava no bolso do seu blazer preto.

Quis saber se ela era uma investigadora. Será que Reese falecera durante as férias e fora iniciado um inquérito?

Ela respondeu que não, não era uma investigadora, e disse que meu colega, que, no local de trabalho seria mais adequadamente chamado de Dr. Mayhew, estava melhor. Como todos nós, quando se dizia respeito ao bem-estar, ele estava indo com calma.

Mas não estou aqui para falar do Dr. Mayhew, ela continuou, e tirou de sua bolsa de tecido preta uma pasta de papel com meu nome completo, o primeiro e o último, escrito à mão na etiqueta. Eu agora já assistira a televisão suficiente para saber. O surgimento de uma mulher misteriosa de blazer nunca era algo bom, acrescido do seu nome numa etiqueta era ainda pior. Mas me surpreendi com o fato de dados de funcionários ainda serem mantidos manualmente e que, aquela pasta, a minha pasta, tivesse sido preenchida, que tivessem escrito nela, então que ela tivesse sido colocada num fichário físico para ser de lá retirada para o dia de hoje, e que ainda houvesse fichários por aí, e não as salas hiperventiladas com fileiras de processadores hiperventilados.

Questionei à mulher sobre tudo isso.

Somos do RH, ela respondeu, *não de* Missão impossível.

Eu ri, porque dessa vez entendi a referência. *Vi um filme desses*, falei. *Rejeitado. Acrobacias doidas. Boom, bam, pow.*

Ela sorriu para mim, mas era um sorriso desconfortável, como se a mulher soubesse de algo que eu não sabia e não estivesse ansiando pelo que nos esperava. Então ela abriu minha pasta e começou a ler. Era meu CV e certificados, um parágrafo curto de informação biográfica.

Você tem um irmão em Greenwich, pais em Xangai, embora seu pai tenha falecido há pouco tempo, nossas mais sinceras condolências.

Inclinei a cabeça e perguntei como ela ficara sabendo disso.

Disso o quê?

Meu pai.

Está aqui no seu arquivo.

Mas como foi que entrou no meu arquivo? Eu não havia contado nada ao RH, oficialmente; eu não atualizara nenhuma informação biográfica desde que fora contratada.

Ela arrumou os papéis na minha pasta. Agora as quatro folhas estavam perfeitamente alinhadas.

Essa informação está incorreta?, ela perguntou.

Falei que não.

Então ela não entendia qual era a minha questão. Os olhos da mulher eram desalinhados, de forma que um era ligeiramente mais alto do que o outro. Suas bochechas tinham uma camada de penugem de pêssego.

Recentemente processamos seu aumento, ela disse. *Obrigada por seu trabalho e por sua dedicação ao nosso hospital. O diretor a respeita e a apoia profundamente. Ele a identificou como uma funcionária que precisamos manter, de forma que faremos o nosso melhor.*

Mas, a mulher continuou, *quando processamos o seu aumento, nós percebemos algumas inconsistências. Por exemplo, notamos que após visitar a China, por dois dias no último mês de setembro, você voltou ao trabalho imediatamente na segunda-feira.*

A paranoia do diretor se tornou a minha, e minha mente foi logo pensar sobre se aquela mulher estava lá para me punir por ter feito uma viagem não autorizada a um país estrangeiro. Na escola, eu havia aprendido sobre a era McCarthy e como, desde então, as palavras *comunismo* e *vermelho* se tornaram sinônimos da China e de seu povo. Alguns pacientes gostavam de saber se eu tinha nascido lá, se o inglês era minha primeira língua, e fiquei preocupada que essa mulher estivesse ali para fazer a terceira pergunta na qual aqueles pacientes nunca pensaram, mas na qual uma correspondência não solicitada de um centro asiático cultural qualquer pensara: *Apesar de ter nascido aqui e ser fluente, você alguma fez parte do PCC, e, se fosse o caso, planejava sair?*

Agora pode-se visitar a China, comuniquei, me empertigando e me imaginando, conforme o porteiro me ensinara, no centro de um elevador que está subindo. *As fronteiras estão abertas e as relações internacionais, pelo menos superficialmente, não são terríveis.* Mas será que eu tinha me esquecido de submeter um formulário de viagem a eles ou ao conselho interno de supervisão?

Ela disse que não era isso, e que eu podia visitar a China o quanto quisesse. Nem o RH nem o conselho eram o TSA.[9]

Um empate, quem tinha mais poder naquele hospital: o RH ou o conselho ou o contas a pagar, embora cada grupo provavelmente fosse se autoindicar. Havia eu alguma vez conhecido um funcionário do conselho ou do contas a pagar? Não. E aquilo era o mais próximo que eu havia chegado de qualquer pessoa do RH.

Perguntei se a visita dela naquele dia tinha algo a ver com Wuhan.

---

[9] Transportation Security Administration, agência do departamento de Segurança Nacional do governo americano encarregada do transporte no país. (N.T.)

Wuhan?

Estive em Xangai e mais nenhum lugar, falei. Expliquei que as duas cidades são bem distantes e tão diferentes quanto Omaha e Manhattan. Wuhan sendo Omaha, uma cidade do interior cheia de pessoas simpáticas do Meio-Oeste que trabalhavam em empregos da indústria e acreditavam num dia duro de trabalho. *Não é culpa deles*, falei, abruptamente, sobre a situação que estava se desenvolvendo lá.

Ela arqueou as sobrancelhas e perguntou a que situação eu estava me referindo.

O mercado de peixes, os morcegos.

Ela repetiu a palavra *morcegos*, então baixou os olhos para a minha pasta. *Não há nada aqui sobre morcegos*, ela disse. *Ou mercado de peixes*. Ela fechou a pasta e tornou a me encarar com uma nova gentileza. *Nossa principal preocupação é que você possa ser menos global, digamos, e mais focada. Nossas preocupações têm dois aspectos*, e com isso ela ergueu dois dedos, como o sinal da paz ou como um *V* de vitória. O primeiro era que, desde metade de outubro até agora, um período de quase doze semanas, eu não tinha tirado nenhuma semana inteira de folga. *Médicos especialistas precisam tirar semanas de folga, senão o fluxo de trabalho na comunidade se desequilibra*. A segunda preocupação era que eu tinha voltado a trabalhar logo depois da minha viagem à China, uma viagem pessoal e de grande importância, uma peregrinação para me despedir de meu pai, e não havia tirado a licença de um mês que é recomendada para casos de luto.

Luto?

Uma pessoa só tem um pai.

Eu disse que estava ciente.

Então você não sabia da licença? Foi uma grande iniciativa para o pessoal sênior, que tem pais idosos. Acreditamos que até mesmo os profissionais de saúde veteranos precisam deste processamento.

Eu sabia sobre a licença, respondi, *mas pensei que fosse opcional.*

A mulher sorriu para mim outra vez, mas também podia ser uma careta. Apesar de seus olhos desalinhados, ela tinha uma dessas bocas que são perfeitamente retas, cujos cantos não se levantavam nem caem.

A rigor, a licença era opcional, conforme ela me explicou, e era possível prescindir dela para familiares distantes, uma tia ou um tio, ou um primo de segundo grau. Mas familiares próximos consistiam nos nossos principais pontos de apoio, nossos pilares, e pessoas em profunda tristeza, mais ou menos perdidas nela, muitas vezes não sabiam como encarar a morte a menos que fizessem todo o tratamento.

Esclareci que ela estava falando sobre luto, e não sobre uma infecção.

O luto é uma ferida, ela disse.

Sim, era, mas a minha já tinha cicatrizado. Eu já a resolvera.

A mulher pegou uma latinha de pastilhas de menta do outro bolso do seu blazer e colocou uma na boca. Ela não me ofereceu nenhuma pastilha e guardou a latinha. *Caso não tenha ficado claro, seu mês de licença seria pago, e de acordo com seu novo salário, já reajustado. Você só constaria como indisponível no sistema. O tempo é seu para passar como melhor lhe aprouver.*

Respondi que gostaria de ficar disponível o tempo todo. Eu senti que aceitar esse pedido era aceitar piedade, e meu pai não teria aprovado. Ele teria me lembrado que não existe almoço grátis.

Nós vemos muito isso, contou a mulher, cruzando as pernas. *Médicos que se recusam a descansar como se isso fosse um sinal de fraqueza, mas não é. Parar momentaneamente para repensar, recentrar, relaxar – os três Rs – é, na verdade, um sinal de força.*

Perguntei o que aconteceria se eu rejeitasse o luto.

Tecnicamente, nada, ela respondeu, *mas não podemos garantir mais adiante. Ninguém recusou a licença uma vez que ela foi sugerida, então, se seguir esse caminho, você será a primeira.*

Abaixo do blazer, a mulher usava uma blusa amarela que estava tão apertada sobre seu peito que me fazia pensar em uma almofada.

Não queremos lhe impor uma inconveniência, disse a almofada amarela. *Estamos só tentando ajudar. Comparado com outros hospitais do nosso calibre, nossos titulares relatam ser os mais satisfeitos. Pesquisas mostram que médicos especialistas saudáveis fazem um trabalho melhor e ficam mais protegidos contra as forças da mesquinharia, da competição interna e da desindividualização. Esse tempo é nosso presente para você. Considere isso a maneira de o hospital estender os braços e lhe dar um abraço.*

*

MINHA LICENÇA SERIA DE SEIS SEMANAS, e isso incluía um mês de luto junto com mais duas semanas sem trabalhar para compensar as muitas que eu não havia gozado. A licença deveria começar na segunda-feira, dia 20 de janeiro, passando pelo mês de fevereiro inteiro e a primeira semana de março. Antes de ir embora, a almofada amarela me entregou um memorando com esses detalhes logísticos destacados, incluindo quais especialistas me cobririam em cada uma das seis semanas. A folha era tão clara e organizada que me lembrava uma das fichas que eu mesma fazia, então não pude ficar furiosa demais. Madeline chegou para encerrar o dia e perguntou por que eu estava sentada ali, segurando um pedaço de papel, sem olhar para o monitor. Olhei de soslaio para ela. Não respondi.

É a sua mãe?, ela perguntou. *Oh, meu deus. Ambos os pais, um depois do outro?*

Contei que minha mãe estava bem.

Mas o seu rosto, disse Madeline. *Você está cinza.*

Eu me sinto cinza, falei.

Médicos reclamavam uns com os outros o tempo todo e para qualquer pessoa que lhes desse ouvidos. *O sistema está fodido.* Se referindo sobretudo à burocracia, seguro, os custos cada vez mais astronômicos dos cuidados médicos, o foco das grandes farmacêuticas apenas em drogas lucrativas, o custo da própria formação médica, além da licença, e os salários exorbitantes de algumas especialidades, como oncologia. Mas quem foi que fodeu o nosso próprio sistema, senão nós? E mais do que estar fodido, o sistema era circular, autoacusador e operava sob falsas premissas. Um hospital é uma empresa, e empresas gostam de ganhar dinheiro, independentemente se o lucro vem dos produtos ou do prolongamento das vidas humanas.

O sistema médico não era perfeito porque nenhum sistema é perfeito, mas eu ainda o admirava por ser uma obra-prima hierárquica de habilidades especializadas. Além disso, como era possível um sistema ter tantos defeitos se havia permitido que alguém como eu o adentrasse?

Será? Talvez fosse esse o caso – estava tendo meu próprio ápice de tristeza como cada um dos meus residentes e como Reese. Mas, ao passo que eles sentiam que a formação havia prejudicado suas personalidades, eu adorava a sensação de anonimato e de ser uma engrenagem no todo. Então, talvez, o que eu estava experimentando era o reverso de uma crise, de ter sido repudiada pelo grupo para ficar sozinha. Eu podia ouvir meu pai perguntando, *Qual é o plano, filha-doutora, qual é o plano?*, eu podia sentir a filha-doutora, totalmente em pânico, percebendo que não tinha qualquer plano e nem tampouco coisas pessoais para fazer que durassem seis semanas.

Quando continuei calada, Madeline colocou a mão na minha testa e disse que eu estava um pouco quente. Ela tirou o papel da minha mão e começou a ler.

Você está de luto?, ela perguntou de trás da página, os olhos escaneando linha por linha a uma velocidade crescente.

Respondi que eu não sabia. Tudo aquilo parecia surreal demais.

Madeline então respondeu, lenta e delicadamente, que não podia perder também a mim. A mim e a Reese. Ela não podia ficar naquele lado da sala sozinha depois de ter se comprometido conosco como colegas. Quando Madeline finalmente largou o bilhete, havia uma expressão em seus olhos, como a de um esquilo-da-mongólia frenético, prestes a dar uma arrancada perigosa na roda. Ela se ajoelhou e virou minha cadeira de forma que eu ficasse de frente para ela, que se desculpou pelo que ia fazer, mas precisava de algum jeito de se acalmar e pediu que eu não levasse para o lado pessoal.

Madeline, falei, como um alerta. *Madeline, espere, podemos pegar sua bola antiestresse.*

Mas já era tarde demais.

Quando seus pés não podem ficar balançando na cadeira, voar pode se assemelhar a estar sentada. Quando os braços da sua cadeira estão sendo balançados por uma colega de trabalho, estar sentada pode se parecer um pouco com voar.

À medida que toda a cadeira se agitava, eu estava de volta naquele avião com minhas fatias murchas de maçã. Foi reconfortante, no início, todos os meus membros tremendo, minhas bochechas se mexendo, a confusão enquanto meu cérebro agitava seu próprio fluido como picles em um pote de vidro, mas finalmente precisei pedir a Madeline para parar de sacudir a mim e à minha cadeira. Eu já estava ficando enjoada.

Meu último recurso foi entrar no escritório do diretor sem hora marcada. Ele estava na mesma posição de antes, sentado à mesa, a vista atrás dele o mesmo conjunto de pontes e carros, aviões aterrissando e decolando. O diretor tirou os olhos do computador e me fitou, e pareceu surpreso, como se tivesse visto um fantasma.

O que está fazendo aqui?, ele sussurrou. *Você devia estar de licença. Amanhã.*

Ele aquiesceu solenemente e perguntou se havia mais alguma coisa que poderia fazer por mim: *Um expresso? Um aperto de mão?*

Pedi para ficar e ele respondeu que a decisão não estava nas mãos dele.

Mas e se eu não contasse nada a ninguém e simplesmente não fosse embora? Eu poderia encomendar um saco de dormir e guardá-lo sob a mesa. E tomar banho com lenços umedecidos.

Aí vão querer usá-la como exemplo, ele disse.

Como?, perguntei. Não era possível fazer um exemplo a partir de alguém de uma minoria.

O diretor também tinha suas dúvidas, mas ainda assim me urgiu a não correr riscos. O que o RH frequentemente dizia a eles, os diretores, sobre o gerenciamento adequado de um hospital: *se você não respeita os trâmites corporativos, os trâmites corporativos não irão respeitar você.* Ele repetiu isso com um dar de ombros.

A boa notícia é que são só seis semanas, ele comentou. *Vá ver a sua família. Vá para Greenwich. Tire umas sonecas, faça caminhadas. O tempo vai passar voando.*

Eu não conseguia imaginar isso direito, o tempo voando durante seis semanas ou 42 dias de uma vez só, a menos que me colocassem em coma induzido.

E quando você voltar, e você vai voltar, tudo isso vai ser passado e vou lhe dar prioridade a qualquer turno de trabalho que quiser.

Eu lhe agradeci por seu apoio contínuo e inabalável.

Ele disse que era o mínimo que podia fazer.

Então falei algo que surpreendeu a mim mesma:

Diretor, quando vesti meu jaleco pela primeira vez, eu me senti em casa. Tendo me mudado tanto e sem ter um lar de infância ou ancestral para o qual voltar, eu não achei que fosse capaz disso. Eu não priorizava casa ou conforto porque, se todo mundo o fizesse, então os imigrantes como meus pais, meu irmão e minha cunhada não poderiam existir. Lar não era um conceito viável para eles até mais tarde, e não era um conceito para mim até o dia em que coloquei aquele jaleco, este jaleco. Puxei minha lapela branca para lhe mostrar. *A partir daí, eu sabia que minha ocupação se tornaria meu lar. Ter um lar é um luxo, mas agora entendo por que as pessoas dão tanta importância a isso e são leais ao defendê-lo. Lar é onde você se encaixa e onde ocupa espaço.*

Meu diretor esfregou os olhos. Ele disse que estava tocado pelo que eu dissera e insistia em apertar minha mão.

Sua secretária de cabelos de fogo já se aproximava da porta e bateu de leve para informar que sua próxima reunião estava ali, e, sem me dar conta, estendi a mão na direção de alguma chama invisível. Debruçando-se sobre a mesa para apertar minha mão com vigor, o diretor disse que, embora devêssemos seguir os protocolos, assim que eu voltasse, ele colocaria meu rosto e aquelas palavras num folheto. Porque, se eu conseguia me sentir em casa naquele hospital, então mais médicos como eu viriam.

Passei minha última hora no hospital com o ECMO e empurrei seu carrinho até uma janela que dava para o Morningside Park.

Esse parque sofreu algumas mudanças, contei ao ECMO. Meu porteiro diz que faz dez anos que ninguém ousava entrar naquele parque após o pôr-do-sol. Havia áreas escondidas por árvores crescidas demais e por arbustos. Longos trechos de asfalto desnivelado, cercas de metal retorcidas, repentinas escarpas, playgrounds sem crianças e tiros ouvidos à noite. Nos anos recentes, um gramado imaculadamente verde fora instalado, um novo diamante de beisebol, um lago no formato de rim com tartarugas e holofotes à noite para a segurança. No verão era agradável correr pelo parque, e, quando me mudei para lá pela primeira vez, eu fizera algumas corridas, chegando até os terraços isolados que, a uma certa altura, se abriam para uma vista esparramada da cidade.

ECMO, falei, *você iria adorar. Volume corrente, essa vista.*

Volume corrente é cerca de meio litro. É a quantidade de ar contida em uma respiração, em descanso. Um jeito de lembrar desse termo, eu escrevera nas fichas que distribuía: imagine-se sentado na praia. A praia está vazia e a areia é limpa. Você observa a maré enchendo, maré que é controlada pela lua, aquela enorme pedra que nos orbita no espaço. Você coloca o queixo no joelho e inspira, expira. É esse tipo de respiração calma a que nos referimos.

*

MEUS DIAS DE LUTO COMEÇARAM com televisão, alternando entre o noticiário local, a meteorologia, o canal de compras domésticas, os concursos de culinária e a programação diurna, que exibia reprises de séries antigas e programas sobre o nada:

Kramer entra esbaforido, tira da geladeira de Jerry duzentas e poucas gramas de presunto cozido, duas fatias grossas de pão, e faz para si um sanduíche. Depois de dar uma mordida no sanduíche, ele o cospe. Molengo demais. Deixa o sanduíche ali em cima do balcão e se precipita para fora.

Kramer come um cupcake de chocolate. Ele escreve a palavra "cupcake" num pedacinho de papel que será sua comanda ali no apartamento de Jerry e que vai permitir que Kramer pegue o que quiser.

Jerry chama Kramer de "Joe Vagabundo".

Essa meia lata de refrigerante na geladeira é sua?, pergunta Jerry, erguendo a lata em questão.

Não, não, diz Kramer. *É sua. A minha metade já foi bebida.*
   A programação diurna fazia a transição para os filmes do horário nobre. Filmes de ação, filmes de super-heróis, terror, comédias românticas e clássicos. Ou aquilo que os comerciais prometiam ser um clássico:
   Uma rua vazia na cidade de Nova York, sob a nevoenta luz do amanhecer, prédios cinzas e azuis vão se erguendo ao redor, como monolitos, e, descendo por esta rua vazia, descendo a Quinta Avenida, vem um táxi velho, grandão. Dele sai uma mulher alta e magra, vestido preto, luvas e óculos de sol, uma echarpe branca com franjas, fios de pérolas caindo sobre sua clavícula e suas costas. Toca uma música idílica, um violino exuberante, muitos violinos, um oboé, um coro, enquanto a deslumbrante mulher cheia de pérolas namora as vitrines acortinadas daquela famosa joalheria, Tiffany, enquanto come um croissant. Dentro da loja pendem grandes lustres, pesados de tantos cristais, que caem do mesmo modo como as pérolas em volta de seu pescoço, porque a própria mulher é um lustre, um enfeite e um objeto.
   Holly Golightly é uma órfã fugitiva que se tornou uma garota de programa, e estar na Tiffany's a acalma. Ela fala sobre a quietude e a aparência majestosa do lugar, sobre como nada de ruim jamais poderia acontecer a alguém lá. Ela diz: *Se eu pudesse encontrar um lugar da vida real que me fizesse sentir como a Tiffany's, então eu compraria alguns móveis e daria um nome ao gato.*
   Orgulhosa, silenciosa (num dia de pouco movimento), nada de ruim poderia lhe acontecer ali (sob a devida vigilância). Por qual perda eu estava de luto? A perda temporária do hospital ou a perda permanente do meu pai?
   Lá estava uma garota sem pai na cidade grande, num apartamento quase vazio com um gato sem nome.
   Lá estava uma garota sem pai na cidade grande, num apartamento quase vazio com um robô aspirador.
   Um fato demonstrado por vários filmes e programas – e aquele clássico indicado ao Oscar não era exceção – era que não é possível morar em Manhattan sem ter pelo menos um vizinho maluco.

Holly tinha um vizinho maluco que foi representado como japonês, mas o próprio ator não era japonês. Esta incongruência me fez pausar, embora eu não soubesse bem por quê, exceto que, ao final, eu não gostava do que estava assistindo. Não gostava do vizinho nem da minha confusão em torno dele. O sr. Yunioshi tinha expressões faciais exageradas, um jeito grotesco de exibir seus dentes, cuspindo enquanto falava e pronunciando de forma errada uma a cada duas palavras. Era assim que as pessoas viam meu pai? E como as pessoas viam a mim? Pois alguém como eu nunca poderia ser a Holly, é claro. Apenas na minha mente eu poderia ser ela, mas para o resto do mundo, eu era um sr. Yunioshi ou uma filha do sr. Yunioshi.

Suponhamos que a filha do sr. Yunioshi existisse de fato e que estivesse feliz sozinha, vivendo solitária e sem ser perturbada, até o dia em que um tal de Kramer se mudou para o apartamento do outro lado do corredor. Isso daria algo bom para a televisão? Alguém gostaria de assistir?

No começo, minha versão do Kramer ainda batia à porta, antes de passar em tempo integral para a chave extra, que agora estava inserida em seu chaveiro com uma etiqueta branca que indicava "Joan". Eu ouvia minha fechadura girando e então lá estava Mark, na minha sala de estar.

Ele só trazia comida, nunca a levava. Tortas caseiras, tanto doces quanto salgadas, muffins para o café da manhã, um pão inteiro de fermentação natural. O que quer que tivesse trazido e não tivéssemos conseguido terminar, ele enrolava, como um especialista, em papel filme e enfiava na geladeira para eu comer mais tarde.

Mark tinha mais móveis para mim, coisas velhas de que não precisava mais, ou coisas novas que havia comprado num ímpeto, mas das quais não precisava. Ele culpava as compras on-line por facilitarem tudo. Não só havia promoções, liquidações, *cashbacks* sem fim, mas, com apenas alguns cliques no mouse, um tapete podia aparecer para você em questão de dias.

De fato, ele tinha um tapete para mim, bem como um pufe, uma mesa lateral de mármore para a poltrona de camurça, uma lata para guardar utensílios de cozinha, um bloco de madeira grande para servir de tábua de corte e uma coleção de ímãs de geladeira.

Minha geladeira agora tinha cinco ímãs, um dos quais era uma baguete sapateando que tinha a palavra *pain* escrita em vermelho e com letras maiúsculas. Quando apontei para a baguete dançarina e disse *pain*,[10] Mark franziu o cenho. *Pronuncia-se paan*, ele disse, a boca na forma de um oval. É como se diz "pão" em francês.

Enquanto abria espaço para meu novo jogo de jantar de cerâmica esmaltada azul, que ele comprara por acidente durante uma promoção relâmpago, Mark vasculhou meus muitos armários de água com gás saborizada, de tangerina a toranja. Ele pegou uma lata e examinou a tabela nutricional no verso.

Como é possível, ele perguntou, *que água saborizada tenha zero calorias? O sabor não deveria ter algumas calorias? Como é possível que um sabor não adicione nada?*

Eu contei que o sabor era só uma essência e que essências não têm calorias.

Mas se sou capaz de sentir o gosto, não deveria ter alguma caloria?

Seu corpo não consegue digerir essência, e seja lá o que for que não é digerido, tecnicamente, não tem calorias. Aço, por exemplo — digamos que você comesse uma barra de aço inteira, sua boca seria capaz de sentir o gosto do aço e seu cérebro diria, "não é uma boa ideia", mas já que seu corpo não metaboliza o aço, zero calorias ali.

É realmente assim que funciona?, ele perguntou.

Confirmei novamente.

É assim que funciona, mesmo, ele decidiu.

Mais livros. Para acrescentar à estalagmite junto à poltrona de camurça, novas minis estalagmites junto à parede. Eram livros que ele terminara de ler recentemente e que pensara que eu iria gostar.

Já leu ele?, Mark perguntou, me mostrando um volume grosso com ensaios de um neurocirurgião de renome mundial. *Nada mau*, ele disse sobre o livro. *Verborrágico em vários momentos, o miolo é*

---

[10] *Pain* significa "dor" em inglês mas "pão" em francês. (N.T.)

árduo, e o final não foi bem feito, mas, mesmo assim, brilhante. Me ensinou um pouco mais sobre o seu tipo.

Eu disse que não era neurocirurgiã.

Ele revirou os olhos e respondeu que já sabia. Era só uma piadinha.

Mark sabia provocar com piadas ou sem elas, e, agora que estava sempre no meu apartamento e que se sentia confortável perto de mim, meu vizinho gostava de me provocar e me fazer ter com ele conversas que eu não queria ter.

O que você tem contra médicos inescrupulosos, afinal?, ele perguntou depois que me recusei a assistir a um episódio antigo de *Plantão Médico*.

O objetivo da formação médica é des-inescrupulizar você, respondi. *Evitar o herói, o salvador, o complexo de Deus, para que um médico não prejudique toda a equipe. Senão, quem confiaria nele de novo? Um hospital é um ecossistema, não um pedestal.*

Mark compreendia o que eu queria dizer, mas só para bancar o advogado do diabo (o que ele fazia muito), *só pelo prazer da discussão, me escute um minuto*, ele acrescentava. Ainda assim havia algo nobre e sacrificial no que eu fazia, embora eu, como médica, um ponto num gráfico, diminuísse o meu papel. Embora não fizesse todos os procedimentos eu mesma, era eu quem traçava o plano. A geração da ideia e a fiscalização faziam de mim a líder, a arquiteta. *Creditamos a Torre Eiffel a Alexandre-Gustave Eiffel ou aos operários que a construíram?*

Por operários, perguntei, *você quer dizer as enfermeiras, os médicos recém-formados, residentes, pessoal da tecnologia, os funcionários que limpam e desinfetam diariamente, o pessoal da cafeteria, que nos alimenta, equipes de engenharia que mantêm funcionando nossa base de dados e máquinas salvadoras de vida?*

Ele respondeu, *vamos concordar em discordar, por ora.*

Um cumprimento que Mark insistia em usar comigo era, *E aí, doutora?* Então, quando estava indo embora, *Até mais, doutora.* Quando perguntei se ele poderia parar de me chamar assim, ele disse que eu deveria considerar um termo carinhoso, e *não, não dá, doutora.*

Desde que eu começara a ficar em casa, Mark me perguntava diariamente por que agora eu ficava tanto em casa, pois antes ele tinha sorte se me visse uma vez a cada duas semanas. Fugi um pouco da pergunta, mas acabei contando sobre minha licença. Para simplificar, eu escolhi não mencionar meu pai. Mark não precisava saber sobre ele e eu estava cansada de explicar que meu pai morava na China, de onde era a minha família, mas não eu.

Seis semanas?, Mark indagou. *É bastante tempo, hein? A maior parte dos empregos não dá nem metade disso.* Ele achava que médicos trabalhavam o tempo todo.

Contei que um mês tinha sido obrigatório.

Por quê?

Falei que tinha me esquecido de completar um treinamento, e, quando me lembrei, minha janela tinha expirado. Eu estava inventando essas mentiras à medida que conversávamos.

Que tipo de treinamento?, Mark perguntou.

A primeira palavra que me veio foi "bem-estar". *Um treinamento sobre bem-estar com muitos módulos diferentes, tanto presencial quanto on-line.*

Para um leve lanche noturno, Mark tinha preparado para nós uma tábua de frios com gouda envelhecido de alta cristalização e *paan*. Ele mastigou seu gouda lenta e pensativamente, enquanto eu devorei vários cubos de uma vez só.

Mas por que eles te dariam mais tempo de descanso por não fazer algo?, ele perguntou. *Férias não é um tipo de recompensa? Assim, não deveriam ter feito você realizar o treinamento de todo jeito, e então lhe dar mais trabalho?*

Todos bons pontos, que eu não tinha considerado antes de decidir mentir, razão pela qual a orientação geral é evitar fazê-lo.

Falei: *É, estranho, não é? Mas é assim que são as coisas. Nosso hospital é bem peculiar, com suas próprias regras e regulamentações. Também pode ter sido um problema de comunicação entre os departamentos; fosse como fosse, é uma decisão que preciso respeitar.* Quando Mark fez mais perguntas, dei de ombros e disse que não queria mais falar nisso.

Eu me orgulhava de terminar todos os meus treinamentos em tempo e não tê-lo feito uma vez me entristecia.

Foi o que pensei até o dia seguinte, quando, depois de entrar sem bater e me chamar de doutora, Mark mencionou mais uma vez minha licença e meu treinamento de mentirinha.

Considerando minha infeliz situação, ele esperava que eu não estivesse sendo alvo de algum tipo de assédio. Acontecia a empregados dedicados o tempo todo. Uma brecha misteriosa no sistema, e, de algum jeito, eles se viam em férias prolongadas, o que era um eufemismo para suspensão por algo que não tinham feito.

Então ele perguntou se eu tinha sido suspensa.

Respondi que ninguém tinha usado essas palavras.

Será possível que alguém tenha feito isso com você sorrateiramente?

Não que eu saiba.

Nos últimos meses, alguma desavença no trabalho?

Eu me senti de volta ao consultório de um terapeuta e como se uma luz forte estivesse sendo direcionada para mim, durante uma janela de resposta muito curta. Por hábito, eu respondi que não.

Você é uma mulher de uma minoria em uma área dominada por homens e não experimentou nenhuma contenda?

O que quer dizer por contenda?, perguntei. Na minha cabeça, eu estava imaginando campos de trabalho forçado e inanição. Ter crescido nas ruas ou ter nascido com uma doença crônica, nunca ter tido a chance de provar seu valor ou obter uma educação formal – isso eram contendas.

Conflito, discordância, discussão, ele disse.

Uma simples discussão é o que você quer dizer por contenda?

Claro. Mas também podem ser várias discussões em torno de uma questão central.

Não houve nenhuma discussão, respondi. *Meu diretor e eu nos damos bem. Minha equipe e eu nos damos bem. Uma colega até se ofereceu para me dar seus óvulos; outro me mostrou como fazer malabarismo.* Deixei de fora algumas partes, como quando Madeline sacudira minha cadeira e quando Reese jogara três bolas de espuma antiestresse para eu pegar, mas quase me atingira. Nada disso parecia uma contenda, mas idiossincrasias. Todo mundo tinha suas idiossincrasias, mas quem era eu para julgar?

O que você quer dizer por questão central?, perguntei, embora não devesse, pois fez Mark entrar num discurso abstrato cheio de palavras que me faziam piscar. Ele achava que o meu treinamento de bem-estar era uma farsa, uma estratégia e uma consequência de *r* estrutural, do início ao fim. Sempre que ele usava a palavra que começa com "r", o músculo da minha bochecha esquerda dava uma fincada e eu ficava com vontade de estalar o pescoço.

Uma coincidência estranha, não acha?, ele perguntava, *obrigar uma médica asiática a completar seu treinamento sendo que o hospital pode ter sido mais tolerante com outra pessoa.* Os asiáticos não precisam superar seus colegas brancos em todos os quesitos? Não precisam superar outros asiáticos e às vezes até a si mesmos?

Falei, *bem, sim, mas não é assim com tudo.*

E como isso faz você se sentir?

Como superar alguém faz eu me sentir?

(Eu deveria sentir algo? Avaliações eram uma questão de sentimentos ou de registrar a resposta certa em uma página?)

Mark disse que eu deveria me sentir trapaceada. Por meio de avaliações ou qualquer mensuração quantitativa de habilidade, asiáticos já haviam provado que eram confiáveis, cordiais e competentes, mas então em entrevistas, em situações reais de locais de trabalho, eles também precisavam provar aos colegas e superiores que tinham alguma espécie de personalidade, senão são imediatamente classificados como robóticos.

Queria deixar minha cabeça cair sobre minhas mãos. Então, com a cabeça e ouvidos tapados, eu queria sair caminhando do meu apartamento e ir para algum outro lugar.

Bem-estar é um espectro, meu vizinho enfatizou. *O "bem" de uma pessoa pode ser o "não-bem" de outra. Forçar todos a seguir um conjunto padrão de maneirismos, estabelecido inevitavelmente por um grupo majoritário e pela classe dominante, é errado.* De forma que ele não podia deixar de suspeitar que o propósito real do meu treinamento era discretamente me verificar a fim de se certificarem de que eu não era um desses robôs. Mark usou aspas aéreas em volta de "robôs", e observei seus dedos se moverem para cima e para baixo como orelhas de coelho. *Mas não é possível que alguns asiáticos pareçam rígidos em função de diferentes normas e expectativas culturais? E se alguns parecem rígidos, isso não significa que todos o são, então, se um treinamento sobre bem-estar não podia ser culturalmente sensível a ponto de acolher pontos de partida discordantes, então era só mais uma forma de discriminação institucional.*

A palavra-que-começava-com-d também me fez estremecer, depois do que perdi minha linha de pensamento. Perguntei, *Quem é que estamos discriminando, mesmo? As pessoas ou os robôs?*

Mark não me deu nenhuma resposta. Em vez disso, disse que eu era uma pessoa incrível. *Você é uma em um milhão*, ele me disse. *Nunca permita que ninguém diga outra coisa de você. Não se esqueça de quem você é.*

*

NO DIA 23 DE JANEIRO, Wuhan foi isolada, no sentido mais rígido do termo: ninguém podia entrar nem sair. Dias antes do *lockdown* ser acionado, cinco milhões de pessoas haviam deixado a cidade sem serem examinadas. As multidões na estação de trem impressionavam, pessoas comprando bilhetes para ir para qualquer lugar, que não fosse Wuhan.

No dia 24 de janeiro, começou o Ano-Novo Chinês, um mês inteiro de feriado, e a maior migração humana anual do mundo, com, em média, quatrocentos milhões de pessoas viajando, com três bilhões de viagens sendo realizadas, milhares de passagens de trem sendo vendidas por segundo e esgotando-se em menos de um minuto após a abertura das vendas. Geralmente, a migração era de centros urbanos para áreas rurais, já que cerca de 250 milhões de trabalhadores migrantes deixavam as cidades para visitar suas famílias em suas aldeias natais.

Em algum ponto, esses dados simplesmente se tornaram números para mim. Eu não conseguia mais compreender o tamanho da China, nem tampouco como teria sido crescer lá.

Liguei para minha mãe, mas caiu direto na caixa de mensagem. Liguei para meu irmão, mas ele não atendeu. Mandei uma mensagem de texto pra Tami, *O que está acontecendo?*

De imediato, Tami respondeu que não estava acontecendo nada, só estavam todos ocupados esquiando e se divertindo. *Sua mãe se esquece de colocar o celular para carregar às vezes. Ou ela o desliga acidentalmente.*

Perguntei a Tami o que ela achava das notícias, já que toda a sua família ainda estava em Chongqing, que era meio próxima a Wuhan.

Ao que ela respondeu, *claramente você não tem familiaridade com a geografia chinesa, e por que teria? Chongqing fica a umas onze horas de carro de Wuhan ou uma viagem de seis horas em trem-bala. Mais de oitocentos quilômetros de distância, em províncias completamente diferentes. Mas se houver algum problema, minha família seguirá as orientações do governo rigorosamente e ficará tudo bem.*

No dia 25 de janeiro, que era o Ano-Novo e oficialmente o Ano do Rato, o *lockdown* se expandiu para outras cidades na província de Hubei, confinando 59 milhões de pessoas em casa, ou uma população maior do que as cidades de Nova York, Londres, Paris e Moscou combinadas.

No dia 25 de janeiro, Mark sentou-se no meu *futon* quebrado e estava lendo um livro de poemas enquanto eu me sentei na poltrona de camurça assistindo a vídeos no meu iPhone sobre o *lockdown* de Hubei. Vi imagens de banners eletrônicos vermelhos correndo para cima e para baixo em prédios, dizendo em chinês: NÃO SE REÚNAM NESTE ANO-NOVO, NÃO COMEMOREM, LEMBREM-SE DE LAVAR AS MÃOS, E, A MENOS QUE DESEJEM A MORTE DOS OUTROS, SEJAM BONS CIDADÃOS E FIQUEM EM CASA.

Depois de virar uma página que era, na maior parte, branca, Mark sugeriu que, já que agora eu ficava tanto tempo em casa, devíamos voltar à ideia de promover um encontro para os moradores do prédio. Podia ser todo o nono andar, ambas as nossas portas ficariam abertas e os convidados poderiam ir e vir. Tínhamos o mesmo jogo de pratos agora, e a mesma sensibilidade decorativa.

Contei que eu estava preocupada quanto a Wuhan e, por extensão, com a China. Fiz ele ver as imagens e, depois que traduzi, ele não pareceu muito preocupado.

Sim, mas a última pandemia de SARS não tinha acabado? O vírus sofreu mutações durante um período de um mês ou algo assim. Pelo menos tinha sido o que ele lera on-line.

Respondi, *cada vírus é diferente, não há dois iguais.*

Como flocos de neve, ele comentou, e eu não disse nada. Porque um vírus não tinha nada a ver com um floco de neve.

Mas todos nós já pegamos corona antes, ele afirmou. *Tinha no resfriado comum, ainda que seja um pouco mais severo dessa vez. Só não toque o seu rosto, é o que todos as matérias jornalísticas parecem sugerir.*

Ele me mostrou essas matérias que estava citando, *todas verificadas,* ele disse, *por fontes confiáveis.* Passei pelas matérias e só vi palavras e previsões. Muito da Medicina é construído *a posteriori,* mas *a posteriori* quer dizer, que em troca de conhecimento, muitas pessoas precisam morrer primeiro. Respondi que, independentemente do que acontecesse, a demanda não poderia ultrapassar a oferta. Eu achei que estava falando calmamente, até que Mark indicou que eu não estava.

Ei, ele disse.

Ei o quê?

Nossos sistemas de saúde são feitos para esse tipo de coisa.

Falei que na verdade não eram, não.

Vamos concordar em discordar, por ora. E lembre-se – ele fez uma pausa, para dar algum efeito.

Lembre-se do quê?

É do outro lado do mundo.

*

NÃO EXISTE NENHUM ANTÔNIMO formal para *catastrofismo,* mas por que parecia que as pessoas que tinham esse traço eram mais numerosas do que as que não tinham? Do ponto de vista evolutivo, catastrofismo não é mais favorável? Será que a sorte realmente favorece os ousados?

*

POR MAIS DE UMA SEMANA, eu não tive notícias da minha mãe de nenhum jeito significativo. Com respostas de uma frase que diziam que estava tudo bem, ela tinha ignorado minhas mensagens de texto sobre por que estava ignorando minhas ligações e, desde 23 de janeiro, eu tentei ligar todos os dias. Eu tinha me tornado esse tipo de filha, do tipo superprotetora e possivelmente chata, a filha que acredita que também é genitora de um genitor que não gosta de ser o filho.

Eu conseguia imaginar minha mãe vendo seu celular. *Quem está mandando tantas mensagens e ligando tanto? Quem está estragando meu telefone? Ah, é só a Joan-na.* Então ela largava o celular, de tela para baixo, e voltava ao que fosse que estivesse fazendo, como terminando uma bebida quente. Ela não era ligada a mim e, além de ser minha mãe, era livre para fazer outras coisas. Eu compreendera há muito tempo que meus pais não se enquadravam em padrões parentais, e se isso era resultado de suas personalidades, de sua genética ou do pesado moedor da imigração, quem sabia dizer? Um pai ou mãe normais ligam demais, querem estar presentes em cada passo do caminho e nunca conseguem deixar os filhos em paz. Mas o fato de que meus pais eram, sim, capazes de me deixar em paz e de se separar de mim não necessariamente significa que eu não tenha recebido os devidos cuidados. *Sabemos do que você é feita, filha, porque conhecemos a nós mesmos. Não estaremos sempre prontos a apoiá-la, mas confiamos que criamos você direito.*

Enquanto eu olhava para fora da janela, começou a nevar.

Talvez minha mãe tivesse aprendido a esquiar, pensei. Difícil, mas não impossível. Uma mulher de quase 70 anos esquiando, pacífica e idilicamente, tendo apenas o som dos esquis cortando o pó branco sob os pés e casualmente verificando seu celular tocando no meio da pista, então guardando o telefone no casaco e voltando a esquiar. Mas então essa imagem serena se tornou assustadora. E se ela caísse e fraturasse o joelho? Ela não tinha seguro de saúde aqui, nem tampouco conhecia o sistema hospitalar. Eu precisaria encontrar um bom cirurgião para ela e então convencê-lo a me deixar participar da cirurgia. Mas como eu não seria capaz de calar a boca enquanto assistisse, constantemente questionaria o bom cirurgião e sua técnica até que ele acabaria por me pedir para sair. *Com todo o respeito, e entendemos que você está aqui por sua mãe, mas por favor saia da minha sala de cirurgia.*

No dia 27 de janeiro, com dois dias de Ano do Rato, ela finalmente atendeu.

Sim? O que foi?, ela perguntou. Parecia agitada e anunciou que a viagem de um mês deles tinha chegado ao fim, e ela estava tentando fazer as malas. Mas onde estavam seus óculos de leitura, passaporte, *greencard* e caixinha de remédios? Deviam partir em poucas horas, e ninguém estava a ajudando – *por que ninguém a ajudava?*

Perguntei se ela aprendera a esquiar.

Esqui? Ela mal saíra do chalé.

Se divertiu no chalé?

Por que ficar sentada com Tami o dia inteiro no chalé seria divertido? Por que ser observada pelo falcão da sua nora e ser seguida de um lugar para o outro como uma presa seria divertido?

Senti que minha mãe precisava desabafar e que eu podia ser isso para ela, uma parede vazia contra a qual poderia jogar coisas, como eu tinha visto em alguns filmes quando, para falar sobre algo estressante, duas pessoas jogam aquele jogo de golpear agressivamente uma bola minúscula dentro de uma quadra fechada, lado a lado, com uma faixa atoalhada em volta da testa. Eu podia ser esse jogo para minha mãe. Eu podia ser *squash*.

Que tal a paisagem?

Previsível.

E a comida? O chocolate quente?

O da babá é melhor.

Mais alguma outra coisa?

O que você faria nessa situação hipotética?, ela perguntou. Digamos que hipoteticamente o voo dela do JFK para Xangai tivesse sido cancelado porque a companhia aérea com a qual ela reservara colocara em prática um bloqueio temporário com a China; pilotos e tripulação estavam se recusando a viajar para aquele país até que a situação de Wuhan tivesse sido resolvida. Ela estava chateada com o cancelamento, mas Fang via como uma oportunidade para ela ficar mais tempo com eles, talvez até durante os meses de verão, quando poderiam partir para um *glamping*.

Ela me perguntou se eu sabia o que isso significava.

Eu não sabia.

Camping com glamour. Independentemente do quão absurdo isso soasse, ela não podia ficar lá até então, minha mãe precisava voltar. Ela tinha seus próprios planos para o verão. Encontros com ex-colegas de aula, uma viagem para Wuxi, para o lago Tai, planejada com as irmãs.

Fang envolveu você, ela contou. *Ele me disse para lhe perguntar se havia algum perigo real nesse vírus ou se de novo é coisa da mídia, assustando todo mundo quanto à China*. A justificativa por trás do bloqueio da China era de precaução, e, com dez mil casos lá agora, duzentas mortes, ela também reconhecia o risco. Mas também suspeitava de algum viés. *Se os Estados Unidos tivessem essa quantidade de casos ou mais, imaginariam que as companhias aéreas de outros países os bloqueariam, ou exigiriam que continuassem viajando?* Exatamente como o meu irmão, ela acreditava que, se houvesse uma chance de ostracizar a China, a América não perderia a oportunidade.

Fang a pressionara a ficar.

Mas por quanto tempo?

Veremos.

Essas palavras a enfureceram, bem como o tom que Fang usou – minha mãe sentia alguma alegria nelas, em finalmente ele poder dizer àquela senhora o que fazer. Ela se sentia aprisionada e exasperada no pitoresco chalé de montanha onde mãe e filho estavam brigando.

Eu disse que o vírus era real e que ela podia, hipoteticamente, transmitir a Fang minha opinião profissional.

Claro que é real, porra!, gritou a minha mãe. *Não nasci ontem.*

*

NO DIA 28 DE JANEIRO, enormes cartões de um mesmo modelo foram enfiados em todas as caixas de correio do nosso prédio, e uma pilha foi deixada cuidadosamente lá fora, numa caixa de jornais. A linha direta do Morador de NYC: "Você é um morador que precisa de ajuda? Está sendo molestado por seu proprietário? Tem dúvidas quanto ao seu aluguel? Ligue 311 para mais informações".

No mesmíssimo dia, minha mãe me enviou uma mensagem do aeroporto regional de Eagle County, a sessenta quilômetros de Vail, de que estavam esperando para pegar o voo de volta para o JFK, onde um carro os esperaria para levá-los de volta a Greenwich. *Quanta espera*, ela escreveu. E então: *Nos vemos na festa*.

Eu tinha me esquecido completamente.

(Não, não tinha.)

Mas achei que eu tinha me esquecido completamente de que me esperariam em Connecticut naquele final de semana para a festa de Ano-Novo Chinês. Tentei de novo me esquecer do ultimato de Fang, mas era impossível fingir esquecimento duas vezes. Eu não tinha mais nada a fazer, nada mais ocupando minha cabeça, e quando olhei para meu calendário de fevereiro, ele estava completamente vazio.

*

A MARCA DE ÁGUA COM GÁS que eu comprava aos pacotes era LaCroix. Mas, no dia 30 de janeiro, quando fui até o mercado para reabastecer, eles não tinham do sabor tangerina nem do outro sabor que eu gostava, toranja, nem laranja, maracujá, hibisco, nada a não ser coco, o sabor que eu menos gostava e que portanto nunca compraria.

Um probleminha na cadeia de fornecimento, me explicou o gerente. E a reposição poderia demorar até um mês. Ele sugeriu que eu tentasse outra marca, talvez Poland Spring.

Eu contei que, pela minha família, eu só comprava da marca francesa. Meu irmão preferia kits de toalete da marca L'Occitane. Minha cunhada era apaixonada por Céline. E, quando em Paris, eles dois podiam comer uma quantidade insana de *boeuf bourguignon*.

O gerente respondeu que não sabia como me dizer, mas que sentia que alguém precisava fazê-lo, já que era uma confusão comum e compreensível.

Me dizer o quê?

LaCroix não é uma marca francesa, vem de La Crosse, Wisconsin, e de uma cervejaria que costumava fazer lagers.

Lagers?

Sim, lagers.

Mas isso não é nem remotamente francês.

São alemães, disse o gerente. *Da Baváría.*

Não pode ser.

Receio que sim.

Sem LaCroix, caminhei de volta até meu prédio, atordoada. O porteiro também não estava na sua mesa, e não havia sinal algum de para onde ele tinha ido ou quando voltaria. Eu precisei entrar no prédio com uma chave e apertar eu mesma os botões do elevador.

Lá em cima, encontrei meu apartamento transformado. Uma nova mesa de jantar fora trazida, retangular e comprida, com fileiras de tira-gostos, bolachinhas, nozes, azeitonas marinadas, vários tipos de molhos dispostos na faixa central da mesa, e mais cubos de queijo que eu já vira. Essa mesa, que não era minha, ia da ponta da cozinha até o outro lado da sala de estar, chegando ao ladinho da poltrona de camurça. Pessoas que eu não conhecia transitavam em volta da mesa, petiscando. Um pesadelo? Fechei os olhos e os esfreguei. Quando os abri novamente, a cena não tinha mudado.

Joan!, uma mulher elegantemente vestida gritou da janela da qual ela estava levantando as persianas. *Íamos surpreendê-la, mas não tínhamos certeza de quando você voltaria. Nem tudo está pronto e nem todo mundo já chegou.*

O que está acontecendo?, perguntei. *Quem é você?*

Foi ideia do Mark, na verdade, disse o homem ao lado dela, com um colete de tricô e calças cáqui, segurando na mão um punhado de nozes. *Faz dias que ele está planejando, mandou a gente guardar segredo.* O homem apontou para a minha estalagmite mais alta de livros e disse que havia uns bons ali, alguns dos seus favoritos. Mas ele estava interessado em saber o que eu pensava deles, e por que escolhera incluir alguns títulos em detrimento de outros, assim que eu tivesse um minuto livre para papear.

Pela primeira vez em um bom tempo, não era possível encontrar o Mark.

Minha porta se abriu, e entrou o casal de mesmo peso e mesma altura do elevador, de quando haviam discutido o apartamento 9B e momentos culturais. Me deram uma garrafa de vinho e tocaram meu ombro. *Que bom vê-la novamente*, disseram em uníssono, *continue com o belo trabalho*.

Peguei a garrafa de vinho e perguntei, *Que belo trabalho?* Mas eles já tinham se afastado casualmente.

A porta se abriu de novo e entrou outro estranho com uma outra garrafa de vinho.

Sem nenhuma mão livre sobrando, precisei me afastar da porta e da entrada. Dei ré até a cozinha e me choquei contra alguma coisa. Eu me virei, e a tal coisa era uma pessoa asiática. *Uau*, falei. Eu não tinha conhecido outros moradores asiáticos no prédio e imaginava que eu era a única.

Está perdida?, ela me perguntou, com as pálpebras pintadas com uma sombra azul-metálico moderna, a franja cortada na diagonal. Ela se apresentou como a estudante coreana que estava sublocando o 4D durante aquele ano e estudando Design Gráfico na Columbia. Então ela se autodefiniu como pós-millennial.

Uma o quê?

Porque não há nada de errado em se sentir perdida, ela continuou. *Eu me sinto perdida o tempo todo.*

Para você, ela disse, e estendeu um pacote de Chapagetti, ou o melhor lámen instantâneo que já havia experimentado. Ela me entregou uma tigela redonda de arroz preparável no micro-ondas e uma lata de carne pré-cozida com pouco sódio. A carne enlatada deveria ser frita e colocada sobre o arroz em tiras, como raios de um sol rosa. Se eu estivesse me sentindo ousada, poderia acrescentar um ovo frito no topo e espinafre escaldado ao lado.

Juntei meus braços carregados de garrafas, e a asiática descolada e pós-millennial colocou alimentos em embalagens coloridas no meu abraço.

Depois me conte o que achou, ela disse. *Se quiser. Você que sabe. A palavra coreana para snacks é* gansik, *ou "comidas para entre as refeições"*, ela me disse, e, sem saber por quê, exceto que havia algo de amigável nela, contei que a palavra chinesa é *língshí*, ou "alimentos zero".

Amigas, ela declarou, enganchando o dedo mindinho no meu. Ela o puxou e eu me desequilibrei, e teria derrubado tudo se Mark não tivesse aparecido ao meu lado bem na hora e começado a tirar as coisas dos meus braços.

Temos uma adega, sabe?, ele disse.

Nós temos?, indaguei. *Desde quando?*

Ele tinha levado uma para lá na semana anterior.

Que fofo, disse a pós-millennial sobre nós, e saiu para se juntar à multidão crescente na sala de estar. A porta estivera abrindo e fechando intermitentemente. Dei uma olhada e vi que havia algo próximo a dez pessoas, amontoadas em dois círculos separados que estavam aos poucos se juntando.

Disse a Mark que eu não podia ir até lá. Eu não conhecia ninguém, mas de algum jeito todo mundo parecia me conhecer. Era uma armadilha.

Eles a conhecem porque eu falei de você para eles, ele contou.

O que te deu para fazer isso?, perguntei.

Porque este é o seu momento.

A bancada da minha cozinha sustentava agora umas dez garrafas, e Mark as estava dividindo em três grupos, por cor. Os espumantes e os vinhos brancos ele colocou na geladeira. Os tintos ele começou a abrir.

Você estava tão ocupada com o trabalho, ele disse. Mas agora que eu estava de licença ou possivelmente suspensa – o que ainda o deixava fulo da vida, aliás, e ele continuava dizendo que eu deveria fazer uma queixa formal de assédio moral no local de trabalho com o RH – Mark pensava que eu merecia mais, além de fazê-los me conhecerem. Eram todos pessoas ótimas, cultas e boas de conversa. Uma mulher que fora recentemente à Patagônia numa viagem humanitária para construir casas. Outra que leciona inglês para comunidades carentes. Até mesmo uma estudante de Arte que veio da Coreia, que eu acabara de conhecer e que estava experimentando sua primeira dose de vida autenticamente americana. Mark estivera querendo juntar aquele grupo já há algum tempo. Ele queria fazer apresentações e nos conectar a todos. Para o caso de eu não estar atualizada na linguagem, ele explicou que aquele pessoal tinha um mesmo tipo de cabeça, pessoas que eram bem informadas, conscientes ou, como as crianças dizem, *woke*.[11]

Eu disse que conhecia a palavra "woke".

Oh, é mesmo? Ele não achava que eu conhecesse.

Neste momento, eu senti saudades. Senti falta da minha unidade, onde todos os pacientes, mesmo os conscientes, estavam dormindo.

Mark serviu duas tulipas de champagne. Ele procurou no fundo da geladeira para tirar uma garrafa do que ele considerava a champagne mais adequada para celebrações, Veuve Clicquot.

Mas o que estávamos celebrando? Que eu estava de licença por razões que eu mesma não conseguia entender, ou que o meu apartamento não era mais meu?

Ele serviu a champagne e as camadas de espuma se levantaram como combustível de foguete. Segurei a taça pelo pé com ambas as mãos para evitar de arrancar grandes quantidades do meu cabelo. Ele bateu sua taça contra a minha, mas não fez o som de flauta.

Viva a nova Joan, ele disse, e me pegou pelo cotovelo para me conduzir até a sala de jantar, na direção do círculo de multidão. *Novo ano, nova Joan.*

*

PARA FILHO DA PUTA você diria *wángbādàn*, ou "ovo de tartaruga". Ou, caractere por caractere, tomado literalmente, "rei de oito ovos".

---

[11] Gíria atualmente usada para designar pessoas conscientes de questões sociais. Também é o pretérito perfeito do verbo *to wake*, acordar. (N.T.)

*

DEPOIS DE UM BREVE "OI" para todo mundo e de ouvir uma frase ou duas sobre o que cada um fazia, deixei o apartamento por volta das 20 horas, no meio da festa.

Quando o homem do colete de tricô me perguntou de novo sobre meus livros, confessei não ter lido nenhum exceto o mais curto. Ele pensou que eu estava brincando e caiu na risada. A mulher elegantemente vestida falou sobre suas longas viagens para a América do Sul. Ela me disse que já fora para a China duas ou três vezes. Adorava visitar aquele país e perguntou de que província era minha família. Respondi *Jiangsu*, e ela contou que adorava Jiangsu por suas comidas deliciosas, com um incrível equilíbrio de sabor nos pratos, e pelo seu povo tão incrivelmente hábil com peixe no vapor. *Você sabe fazer peixe no vapor?* Disse que não e ela pareceu decepcionada. O casal de igual peso e altura lecionava inglês. *Inglês é fácil de aprender, mas difícil de dominar com maestria*, me disseram, e embora seus estudantes fossem esforçados, a língua aparentemente simples era cheia de nuances que, depois de um certo ponto, se tornavam frustrantes de serem explicadas. Como falantes nativos, eles não tinham consciência das armadilhas da língua até verem seus próprios alunos tendo dificuldade com elas. *Mas o que vocês fazem é tão importante*, disse a mulher elegante ao casal, e os três sorriram. Nessa altura a designer gráfica pós-millennial interviu para dizer que, para aprender verdadeiramente uma língua estrangeira, você precisa ouvi-la em outras mídias. Ela aprendera seu inglês com *Friends*, então inglês para ela era basicamente sobre segurar xícaras grandes de café ao mesmo tempo em que são expressos pensamentos triviais, mas inconsistentes. *E em inglês é preciso ser engraçado*, ela disse, senão não dava certo. O grupo aquiesceu em uníssono. Todo mundo, até mesmo Mark, concordou que *Friends* era uma boa série.

Quando saí, peguei apenas a bolsa que usava para ir ao trabalho, com carteira e celular, e meia hora depois estava no trem das 20h46 para Greenwich. A bordo, liguei para meu irmão para informar que eu chegaria na estação em pouco tempo. Ele mencionou como era tarde e de última hora, mas me elogiou por ser sensata, e que nossa conversa anterior deveria ter realmente surtido efeito. Fundamentos de negociação: Tudo é negociável, exceto o que não é – ver sua família nas datas importantes, apoiar os familiares quando decidem realizar festividades importantes.

Era quase irônico demais que eu estivesse fugindo de uma multidão de pessoas para outra, trocando uma pequena reunião em casa por um festão. Como foi que me enfiei nessa situação? Em quais testes sobre ser uma eremita eficaz eu falhara?

Falei, *é, pois é*. Perguntei se Tami poderia me emprestar algumas roupas.

Está tudo bem?, Fang perguntou.

Totalmente bem.

Na estação, meu irmão esperava por mim em sua nova Land Rover. Depois que entrei, ele indicou para mim o interior forrado de couro, o amplo capô dianteiro, que se abria como uma concha, a cor externa, branco Yulong. Aquele era o mais novo modelo híbrido plug-in. Com a bateria cheia, conseguia fazer cento e vinte quilômetros mistos na cidade.

Dirigir de forma mista é o segredo, falei.

Ele nos conduziu pelo centro da cidade e disse que, se fosse mais cedo, quando ainda havia luz, ele poderia pelo menos me mostrar um pouco da cidade. Fang não entendia por que eu executava meus planos pessoais sem pensar com antecedência e sem considerar as outras pessoas. E se ele não tivesse atendido o telefone, ou não tivesse ouvido? Aí eu precisaria encontrar o caminho até a casa deles sozinha, à noite. Greenwich era seguro, mas nenhum lugar é totalmente seguro depois do pôr do sol.

A partir do centro, nós passamos pelo hospital da cidade, que mal estava visível agora e que Fang apontava todas as vezes que passávamos por lá.

Você podia trabalhar aqui, sabe, ele comentou, como já fizera antes. *Os médicos aqui pleiteiam alguns dos valores mais altos por hora no estado, portanto, do país. Ótimo custo-benefício para se viver.*

Aquiesci. Mas o prédio de tijolos horizontal fantasmagoricamente iluminado à minha esquerda sempre me parecera imaculado demais para ser um hospital. Não havia nenhuma impressão de perigo ou caos. Nenhuma placa contraditória, como este caminho para emergência, mas este caminho para o cuidado ambulatorial. Esquerda para pagamentos, direita para financeiro. Abaixo para andares mais baixos, acima para o porão.

Enquanto Fang entrava na garagem e estacionava, ele me perguntou se eu estava em algum tipo de apuro.

Apuro nenhum, falei.

Da garagem, nós caminhamos por um longo caminho cênico, de cascalho, na direção da casa principal, que fora amplamente decorada com faixas longas e bordadas para o Ano-Novo Chinês. Elas flanqueavam uma porta vermelha recém-pintada, e grupos de lanternas coloridas estavam uniformemente espaçadas ao redor do pórtico. A trilha quebrava de repente na direção da casa principal e até o gramado nos fundos, onde ficava a casa das visitas, decorada de forma mais modesta com uma lanterna. Eu contei para Fang sobre a minha situação no trabalho, disse que acumulara tantos dias de férias que me incentivaram a gozar de todos de uma só vez, *o que é muito legal por parte do hospital, não é?, Muito atencioso e gentil*. Ouvi Fang dizer, mas não consegui interpretá-lo. Eu não conseguia saber se ele suspeitava que eu fora demitida e que não tinha para onde ir. De fato, eu não tinha outro lugar para ir, mas, em tese, eu ainda tinha um emprego.

No pórtico da casa de visitas, Fang disse que, por ora, eu poderia ficar lá e que no dia seguinte nós pensaríamos sobre o restante. *Já passa das dez*, ele disse. *É melhor não acordarmos todo mundo.*

Faz tempo, não é mesmo?, falei, fingida. *Como foi a viagem e a bela paisagem montanhosa de Colorado?*

Fang me entregou um conjunto de chaves, junto com uma sacola com roupas de Tami. Seu rosto dera uma fisgada, e, à luz daquele pequeno pórtico, eu só conseguia enxergar linhas e sombras. Ele pediu que eu parasse de fingir. Meu irmão sabia que eu estivera indo até lá para ver nossa mãe em segredo, enquanto eles não estavam em casa.

Ela contou para você, não foi?

Claro que não. Mas não é lá muito difícil de entender, nem tampouco tão imprevisível. Ma sabe guardar segredos, mas você nunca soube contar mentiras.

Abri a boca para dizer algo, mas a fechei de novo quando me dei conta de que era uma causa perdida.

As pessoas sentem o luto de forma diferente, e o que Ma diz é que pessoas diferentes precisam de tipos diferentes de apoio.

Mas Fang era capaz de traçar uma linha direta ao fato de eu ter passado apenas dois dias na China sem fazer o luto à minha situação de agora. Eu estava sozinha, portanto, solitária. Não tinha um parceiro nem filhos para me ajudar a seguir adiante. E, no entanto, o mero pensamento sobre uma família me assustava, razão pela qual eu o evitava. *Você precisa examinar esses sentimentos doravante*, ele disse, *e superá-los*. Uma família é um porto seguro, então era crucial a pessoa se estabelecer nesse porto, e estabelecer o porto em um lugar.

Gostaríamos de ser vistos como imigrantes para sempre?, ele perguntou, *ou gostaríamos de ser desbravadores?* Desbravadores escolhiam um local para povoar, e o raio de dezesseis quilômetros em torno de Greenwich era para ser isso.

Foi a minha vez de falar que estava tarde, destrancar a porta da casa de visitas e entrar.

Você sempre foi assim, ele disse, *tudo tem que ser do seu jeito, sem prestar atenção no cenário mais amplo.*

*

NAQUELA NOITE, EU TIVE dificuldade para dormir. Estava silencioso demais lá fora, a casa de visitas era ainda mais quieta, e a camisola de Tami era longa demais para mim embaixo e nas mangas, e era perfumada demais em volta do pescoço.

Durma, falei, mas meu cérebro disse *não*.

Linha direta? Eu podia traçar uma entre Fang sentir que haviam lhe negado tudo até não se negar nada. De ter sido deixado para trás por nossos pais até o seu atual sistema de crenças. Controle, estar próximo do controle, seguindo um plano.

Seu plano de longo prazo, há muito estabelecido, era que o progresso vinha em três ondas. A primeira onda eram nossos pais, que aceitaram qualquer trabalho disponível e ocuparam o degrau mais baixo na pirâmide social. Em seu descontentamento, investiram nos filhos, nós, e nós seguiríamos para reconstruir a riqueza perdida. A terceira onda, os filhos do meu irmão, seriam os primeiros a se beneficiar de uma rede de segurança criada pela segunda onda. Finalmente, eles poderiam correr riscos, perseguir paixões, e, conforme meu irmão acreditava, fazer de nós seres culturalmente ascendentes. Então eram três ondas até o sucesso financeiro e social, e minha função no plano de longo prazo era fornecer uma terceira, que era a parte com a qual eu tinha problemas. Se eu nunca me casasse nem tivesse filhos, ficava fortemente subentendido que todo esse planejamento não serviria para nada.

Era mais difícil ser uma mulher? Ou uma imigrante? Ou uma pessoa chinesa fora da China? E por que ser boa em qualquer um desses três exigia que você editasse a si mesma para poder se tornar uma outra pessoa?

Como meu irmão gostava de apontar, o ciclo era vicioso e interminável. O Mayflower transportou os primeiros americanos, mas recém-chegados vistos como *estrangeiros demais* eram volta e meia rotulados de "recém-saídos do barco". Imigrantes se tornavam desbravadores que prosperavam até chamarem os próximos de imigrantes. *O Mayflower fora há séculos*, eu dizia, dando desculpas, creio, para o Mayflower. *E as ferrovias?*, ele replicou. A corrida do ouro não fora há tanto tempo. Fang se importava com a história dos Estados Unidos mais do que eu e já fizera questão de me dar aulas antes.

Depois da corrida do ouro, depois da finalização das ferrovias, os chineses totalizavam 0,002% da população dos Estados Unidos, mas eram acusados de roubar os empregos americanos. Comunidades inteiras foram massacradas, grupos inteiros de homens, mulheres e crianças chinesas. Para resolver o problema do roubo dos empregos, e, portanto, dos massacres, leis de exclusão foram criadas nos sessenta e poucos anos seguintes. As mulheres foram banidas primeiro, já que se acreditava que poucas vieram para a América para desempenhar trabalhos honrosos. Putas. Concubinas. Difícil não se perguntar se o motivo mais insidioso do banimento não tinha fins de purificação – remova as mulheres primeiro, já maculadas, e você interrompe a perpetuação de uma população indesejada. Depois que os homens foram banidos, nenhum chinês era aceito no país nem autorizado a voltar após partir. Chinatowns, comida chinesa, os portões vermelhos da igualdade que às vezes conduziam às ruas sujas onde os alienígenas, como eram conhecidos os chineses que restavam, poderiam se abrigar. Os primeiros imigrantes foram barrados de conquistar cidadania, de possuir propriedades e de casar fora de sua etnia. Uma mulher tomava a cidadania do marido nessa época, de forma que, tão desafortunada quanto o homem chinês que não poderia ganhar cidadania, era a mulher que, se nascida aqui, perderia a sua por se casar com ele. E quem se casaria com o sofrido homem chinês então, senão a sofrida mulher chinesa? Não por coincidência, a proibição foi suspensa no final da Segunda Guerra Mundial, quando a China era nossa aliada contra o Japão e quando um terço da população japonesa na América, a maioria dos quais cidadãos americanos, já fora confinada. Como sinal de agradecimento, foram oferecidos aos chineses caminhos até a cidadania, e, nos vinte anos seguintes, a cota de imigração anual para os chineses foi elevada para um generoso 105, um número que ainda preocupava alguns americanos que acreditavam que, se você abrisse uma fresta que fosse àqueles alienígenas, eles escancariam a porta.

A história dos Estados Unidos era perturbadora, mas eu não sabia o que meu irmão esperava que eu fizesse a respeito. Esses acontecimentos antecediam em muito a nós e nossos pais. Não éramos descendentes de construtores de ferrovias nem dos primeiros donos de restaurantes de Chinatown.

Nada a ver conosco?, ele diria. *Quantos grupos étnicos este país já baniu? A história se repete. Asiáticos são muitas vezes jogados contra outros asiáticos, e nem mesmo a cidadania é capaz de salvar sempre uma pessoa.*

Se a história se repetia, então eu só precisava esperar o próximo *round* para experimentar o trauma em primeira mão. Embora talvez o próximo *round* fosse agora, com meu exílio do hospital, a cidade, o apartamento 9A, e um problema de vírus do outro lado do mundo.

Uma filha de imigrantes é a filha de convidados, é ela própria meio convidada, e o melhor tipo de convidado é aquele que segue a programação. Que fica na casa de visitas.

Asiáticos são muitas vezes jogados contra outros asiáticos – quando meu irmão levantou o assunto, eu não pensei nele duas vezes porque a Medicina ainda se esforçava para recompensar o mérito e o sistema me tratara bem. Mas a cada guichê de inscrição e entrevista, eu era lembrada, de forma não muito sutil, de que eu não estava competindo com americanos brancos ou negros, eu estava competindo contra os coreanos, os japoneses e outros sino-americanos que disputavam a mesmíssima vaga.

As barreiras para imigrantes não são passado, nem tampouco os grandes grupos de nós, asiáticos, dispostos a correr contra o tempo e uns contra os outros, mas sem nunca nos chamar de raça.

"Orgulho de ser americano", um sentimento que eu não tinha, mas também uma expressão que eu achava que não se aplicava a mim.

Então, *alienização*, será que essa expressão se aplicava a mim e será que era o que eu internalizava? Sempre que ouvia notícias sobre deportações ou a justificativa de que as pessoas devem entrar do jeito legal, o medo de minha própria remoção parecia fluir. Então eu precisava lembrar a mim mesma que eu nascera aqui, que esta terra era tanto minha quanto deles. Mas esses fatos estavam escritos no meu rosto? Ter nascido aqui e a vinda legal dos meus pais estavam escavados nos nossos traços faciais ou na cor da nossa pele? E mesmo se não tivesse nascido aqui, tivesse eu sido uma daquelas crianças trazidas pelos pais aos 2, 5, 12 anos e então naturalizada, o que fazia delas e de suas famílias menos americanas, se eram a coisa mais americana de todas – pessoas recém-saídas do barco, em busca de dias melhores?

Pouco se pode fazer sobre qual época ou em qual grupo você é colocado aqui, eis outra linha reta que eu era capaz de traçar. Uma família imigrante não controla nada, e então cria duas crianças comuns obcecadas por compensar, ainda que de maneiras diferentes.

O mesmo traço pelo qual eu estava criticando Fang era a razão pela qual eu gostava de trabalhar em unidades de cuidados intensivos. Um grupo de vinte camas, toda uma ala do hospital, toda ela sob meu controle.

*

O SONO NUNCA CHEGOU, então eu apenas fiquei deitada lá por horas a fio, observando a luz entrar pela janela, através das persianas. Procurava rachaduras no teto (nenhuma encontrada). Comecei a ouvir não o barulho da rua, como em Nova York, mas barulhos baixos, discretos – o vento de um carro passando, talvez aquele táxi e seu motorista.

Então eu me levantei e lavei o rosto.

As janelas da cozinha estavam embaçadas, e, enquanto tirava a condensação com a mão, enxerguei vagamente duas figuras descendo a trilha pedestre da casa principal sob um gigante guarda-chuva preto. Ao entrar, a auxiliar e minha mãe espanaram seus casacos grossos e colapsaram o guarda-chuva apertando um botão. Minha mãe estava segurando uma panela pequena; a auxiliar, uma bandeja de pequenos pratos.

O mingau de arroz da babá, minha mãe informou, erguendo a pequena panela e cutucando a auxiliar, que disse que só estava seguindo as instruções da minha mãe.

Mas melhorou a receita, minha mãe disse.

Junto com a sopa de arroz, elas tinham me trazido picles de vegetais, um cubo de tofu fermentado, manteiga de amendoim da marca Jif – uma generosa porção da qual eu coloquei na beirada da minha tigela de tal forma que ela desceu até o mingau como um deslizamento de lama. Pãezinhos recheados de creme doce, pãezinhos recheados com doce de feijão, deliciosos pãezinhos com espinafre e carne picada, arroz grudento com barriga de porco embrulhado em folhas de bambu e amarrado com um barbante.

Você fez zòng zi?, perguntei, com a mesa de café de manhã coberta por comida.

Eu tive que fazer, ela respondeu. *Ontem eu estava muito entediada, e isso foi a coisa mais demorada em que consegui pensar para fazer. Receita da minha própria avó, sua bisavó, que infelizmente você nunca conheceu. Mas que boa filha você é*, ela acrescentou com sarcasmo, *nem me contou que estava vindo, só apareceu.*

Não muito filial, falei.

Não, ela concordou.

Senti algo nos meus olhos. Uma lágrima ou ciscos de poeira? Eu não tinha chorado no funeral de meu pai e vi muito poucas pessoas que o fizeram. Os olhos de minha mãe ficaram vermelhos durante o velório, mas ela chorou em outro lugar, sozinha e escondida. Havia tristeza na sala, uma nuvem grande e serpenteante dela, mas também a expectativa de não deixar a própria tristeza transparecer.

Disparada pela simples ação de minha mãe me trazer comida e me mandar comer.

Disparada por uma cena tão simples quanto um pai qualquer empurrando as costas de duas crianças pequenas ao cruzar a rua, empurrando-as para a escola e para seus respectivos futuros, eu estivera prestes a chorar antes. O empoçamento dentro de mim, uma enorme quantidade de água, e então forçar a água para baixo novamente.

Muito de qualquer cultura pode ser ligada ao ato de comer e à comida, comida e cuidado, comer e linguagem. Engolir os próprios sentimentos, comer poeira, pedir biscoito, comer alguém vivo, almoço grátis, coisas que são adoráveis (filhotes de cachorro, bebês) das quais se dizem que dão vontade de morder, fazer alguém comer na palma da sua mão, comer o fígado de alguém, água e pão, pão-duro. O chinês não é diferente do inglês nesse sentido. *Chī* para "comer" e *chī sù* para "vegetariano", mas também, coloquialmente, para designar uma pessoa ingênua. *Chī cù* para "comer vinagre" ou "ser ciumento". *Chī lì* para "comer esforço", ou uma tarefa que é muto cansativa. "Comer surpresa", "estar espantado", *chī jīng*. "Estar completamente satisfeito" ou *chī bǎo fàn*, e portanto não ter nada melhor para fazer. "Comer castigo" ou "levar a pior", *chī kuī*. E, mais importante, comer provações, sofrimentos, e dor, *chī kǔ*, uma qualidade chinesa definidora, ser capaz de suportar muito sem demonstrar qualquer rachadura.

O preço do sucesso é íngreme e nunca consegui distingui-lo do sentimento de sacrifício. Se eu pudesse segurar o sucesso na mão, seria um coração pulsante.

*

NO PRIMEIRO DIA DE FEVEREIRO, na China, houve mais de quatorze mil casos do novo coronavírus e mais de trezentas mortes. Todas as 42 lojas da Apple naquele país haviam sido fechadas (seguindo o fechamento tanto da Starbucks quanto da Ikea), sobre o que o CEO declarou ser um excesso de cautela, e, com doze casos confirmados, a Austrália recusaria a entrada de todos os cidadãos estrangeiros procedentes da China. Nenhuma morte fora da China, oito casos nos Estados Unidos que, no dia anterior, anunciara sua própria proibição à entrada de viajantes chineses.

No dia primeiro de fevereiro, acontecia a festa de Ano-Novo, conforme o planejado, lá na casa principal. Enquanto o pessoal do serviço de bufê ainda estava se organizando, entrei para pegar um prato de comida e dar um "oi" para os meus sobrinhos. Aquela bolha de três pessoas estava sempre se mexendo, correndo e brincando de luta um com o outro com armas de plástico que disparavam balas de espuma. Perguntei à bolha como estava indo a escola, e, já que ninguém queria conversar sobre isso, nossa interação parou por ali.

Você poderia ser uma boa tia, Tami me lembrava frequentemente, ao mesmo tempo em que indicava um objeto à minha volta que eu tratava como filho substituto.

Ela suspeitava que eu não gostasse de crianças, e que não tivera filhos não por escolha, mas por alguma terrível falha mental ou biológica. *Não desgosto de crianças*, respondi, *e eu certamente não desgosto dos meus sobrinhos*. Ao que ela replicou, *Mas você não é apaixonada por eles, você não vai atrás deles. Quando eles eram pequenos, você nunca pedia para segurá-los*, e isso era algo que lhe doera, eu não querendo segurar no colo meus próprios sobrinhos e niná-los ou colocá-los contra o ombro e girá-los no ar como aviões humanos. (Eu tinha medo de deixá-los cair. E não tinha uma vontade natural de segurar uma criança no colo.) *E por que isso? O instinto maternal de uma mulher é forte, e o cheiro de uma cabeça de bebê é como pão fresquinho.* (Eu não tinha nenhum desses instintos, aparentemente. Eu não sentia o cheiro do pão.)

Quando encontrei Fang no saguão, supervisionando uma equipe pequena que estava pendurando a decoração, eu disse que não estava planejando ficar para a festa.

Ele não levantou o olhar do celular e ficou dando toques rápidos na tela.

Você está bravo comigo, falei.

E você é difícil, ele disse.

Mas você também é.

Ele levantou o olhar por um segundo, uma sobrancelha se arqueou, e eu sabia o que Fang queria dizer – "é, mas não tanto quanto você, ninguém é tão difícil como você" – e, tivesse ele dito isso, eu teria mordido a isca, teria escalado a conversa. Só que isso teria feito de nós duas crianças, dois fedelhos, irmãos, discutindo sobre quem era a maior mala sem alça, o mais mimado, e de quem nossos pais gostavam mais.

Faça como quiser, ele disse.

Então, já que não fiquei na festa, eu só conseguia ouvir a música e o som das visitas chegando, cumprimentos alegres. Da casa de visitas, eu observava os carros, uma fiada deles, sendo estacionados na entrada da garagem por um manobrista cortês. Então por volta das 22 horas, mais ou menos, enquanto assistia a tevê e me concedia mais meia hora antes de ir para a cama, minha mãe veio até a casa de visitas e se aboletou ao meu lado no sofá. Ela pediu para ficar no segundo quarto aquela noite. A casa principal era muito barulhenta. Como atrações da festa, Fang havia contratado um escultor de gelo e uma pianista. O escultor era um homem asiático baixinho que carregava uma espada elétrica comprida e retalhava blocos de gelo durante horas para transformá-lo em animais gelados, como peixes e ratos da sorte. A pianista era uma mulher asiática alta que se sentou no saguão, diante de uma belezura de cauda branca, dedilhando-a com acordes dramáticos.

E então tinha o dragão, minha mãe contou.

Dragão?

O que fora pendurado no teto do saguão e abria caminho para os cômodos e cozinha adentro. Nove metros de comprimento da cabeça ao rabo e feito de papel machê.

Ah, esse dragão, me lembrei.

Continuamos a assistir a tevê, e ela perguntou que programa era aquele.

Uma sitcom *chamada Friends*, respondi, *sobre seis amigos que vivem em Manhattan com empregos de nível iniciante, mas em apartamentos que eram verdadeiros palácios, e também sobre conversar em inglês segurando xícaras de café.*

Friends, minha mãe disse, mas depois de um intervalo comercial começou a chamar a sitcom, em inglês, de *Buddies*.

Meio bobo de assistir. Buddies. Não gosto da constante claque de risada. Não entendo nenhuma piada.

*

OS NOMES OCIDENTAIS QUE meus pais se deram foram Jim e Sue. Desajeitados, mas fáceis, embora às vezes os dois se esquecessem de atender a eles. *Jim? Não tem nenhum Jim aqui. Ah, desculpe, está falando de mim.*

O nome que eles me deram era *Jiu-an*, o mais simples equivalente chinês de "Joan". Sabia de outra Joan asiática lá no hospital, muitas Jessicas, Emilys e Lindas. Apenas asiáticos de fora de Ásia escolhiam nomes para si próprios que levavam em conta a conveniência dos outros ou suavizavam seus nomes estrangeiros para que fossem menos ofensivos aos ouvidos. Como meus pais. Tami encontrara seu nome em um livro, alguns meses antes do que estava programado para ela chegar. *Fang* não é pronunciado como o dente muito afiado,[12] como

---

[12] *Fang*, em inglês, significa "dente canino". (N.T.)

meu irmão dizia às pessoas, era mais próximo a *fong*, embora não exatamente assim.

Cada som em chinês tem quatro tons, e dentro de cada tom de um som há muitos caracteres. Os traços dos caracteres implicam em balanço, simetria. É para ser uma arte.

Jiù (就), quarto tom, doze traços, significa "de uma vez só" ou "imediatamente" ou "seguir adiante". *Ān* (安), primeiro tom, seis traços, é "paz," ou, decomposto, é um telhado (宀) sob o qual há uma mulher (女). O que essa mulher faz, ninguém sabe realmente. Ela pode estar feliz ou triste. Pode estar trabalhando com afinco ou indolente, mas coloque essa mulher em uma casa e você terá serenidade e harmonia. *Jiu-an* (就安), ou simplesmente paz ou simplesmente uma mulher em uma casa.

*

EM 5 DE FEVEREIRO, O NÚMERO de casos na China havia dobrado para 28 mil. Um voo oriundo da Coreia com destino a Las Vegas foi desviado para o Aeroporto Internacional de Los Angeles quando notificaram a tripulação de que três passageiros a bordo, três cidadãos norte-americanos, haviam estado na China nos últimos quatorze dias. A tripulação alertou os viajantes, e todos os duzentos passageiros devem ter olhado para o rosto aparentemente mais chinês ao redor e se perguntado, *foi você? Será que você talvez, provavelmente, é um dos hospedeiros da doença que está nos obrigando a aterrissar em um estado totalmente diferente?*

Não pude deixar de me lembrar da atendente da companhia aérea em Pudong que havia pensado que eu tinha alguma doença, quando aquilo ainda era só uma piada entre pessoas chinesas.

Agora, minha mãe vinha me ver na casa de visitas todas as tardes. Ela me trazia roupas, combos de colete mais blusa de gola alta marrom, meias de lã, que serviam melhor do que as da Tami, mas me faziam parecer com ela. Às vezes, nós ficávamos totalmente iguais e a auxiliar dizia que parecíamos um casal. *Isso é assustador*, falei, e minha mãe disse que todas nós nos transformamos nas nossas mães, que isso é inescapável, *mas o que tem de tão assustador em formar um casal comigo, por quarenta longas semanas você viveu dentro de mim e você e eu éramos só uma.* Eu não tinha uma resposta boa, então ligamos a chaleira, fizemos chá e assistimos o que estivesse passando na tevê, exceto notícias internacionais. Em vez de se sentar conosco no sofá, a auxiliar entrava nos quartos e passava de um para o outro, tentando encontrar alguma coisa para ajeitar. Falei que não havia nada para arrumar, eu tomara cuidado para não fazer bagunça. Mas a auxiliar estava determinada, e frequentemente, depois que elas saíam, eu encontrava no banheiro o primeiro quadrado do papel higiênico dobrado numa forma tão intrincada que era quase bonito demais para ser usado.

Oito de fevereiro era o décimo quinto dia do primeiro mês lunar, ou *yuán xiāo*. *Yuán*, "primeiro", e *xiāo*, "noite", é um feriado em que se admira lanternas de papel e se come bolinhos doces redondos com os amigos e com a família. A forma redonda representa *tuán jié,* ou "unidade".

Minha mãe e a auxiliar haviam feito alguns bolinhos e trouxeram para a casa de visitas. Enquanto nós três comíamos, minha mãe anunciou que reservara o primeiro bilhete de avião disponível para voltar para Xangai em meados de março, com a Air China, que jamais seria uma das companhias aéreas a banir seu país, já que a tripulação e a empresa eram chinesas. Meados de março foi o mais próximo que ela conseguiu encontrar. Fevereiro inteiro estava lotado.

Fiquei empurrando as esferas de arroz em seu caldo.

Ela mandou eu parar de brincar com a comida.

Minha mãe e seus irmãos estavam num grupo de chat e, com mais frequência do que antes, eu a via deslizando a tela do celular para ver se alguém estava on-line. A posição oficial da Air China era que em março a grade normal de voos estaria reestabelecida.

Uma irmã que era enfermeira disse à minha mãe para que não ficasse histérica. Março era a mais de um mês. As cidades infectadas haviam sido bloqueadas, novos hospitais estavam sendo construídos de um dia para o outro, e, a menos que você fosse um trabalhador essencial, ninguém tinha permissão para sair de casa. Essas regras estavam sendo fiscalizadas, você podia ser multado ou preso sem aviso prévio por sair à rua. Não se podia sair à rua nem mesmo para ir ao banco sem um documento de autorização oficial e alguém indo até a sua porta em trajes de proteção para aferir sua temperatura.

O irmão dela era do tipo quieto, mas ele mandava todos os dias uma atualização do número total de casos e mortes.

Por que nenhum deles imigrara? Imaginei que fosse não porque duvidassem das oportunidades que existiam no exterior, mas por falta de ímpeto para partir. Quando meus pais voltaram à China, suas famílias tornaram a acolhê-los em seus seios naturalmente. Quando questionados sobre o tempo vivido na América, o classificavam como nem um fracasso nem um sucesso total.

E também havia alguns imigrantes que não tinham desejo algum de voltar. Tami deixara seu local de nascimento sem qualquer intenção de regressar. No plano de longo prazo do meu irmão, eu não sabia em que onda ela se encontrava, na primeira ou na segunda. Considerando-se que seus pais haviam ficado para trás, ela tecnicamente pertencia à primeira, mas encontrava menos resistência do que os meus pais, seu sotaque não era um impeditivo, e o sucesso material viera rápido. Tami deixara a China com 20 e poucos anos, pelo menos uma década antes do que os meus pais, que frequentemente reclamavam de terem vindo tarde demais e terem tido que *pīn mìng,* ou "lutar com unhas e dentes" para compensar. Tivessem eles emigrado cinco anos antes que fosse, suas mentes mais flexíveis, corpos mais energizados, talvez tivessem prosperado e por aqui ficado.

Como a imigração é muitas vezes descrita: uma morte, um renascimento. Ou, como a minha mãe descreveria, *começar tudo de novo do zero. Pīn* também pode significa montar, pôr junto, como um quebra-cabeças. Ou seja, reconstruir os pedaços da vida.

Sabia que fazia anos que Tami tentava fazer seus pais se mudarem de Chongqing para Greenwich. Eu não estava na casa principal para ouvir o telefonema que ela aparentemente tivera com eles, mas, conforme minha mãe contou, Tami estava dizendo que talvez fosse a hora de agir, se as fronteiras realmente fossem fechadas – e se isso acontecesse indefinidamente, quando ou como famílias espalhadas em continentes diferentes seriam capazes de se rever?

Enquanto minha mãe falava, detalhes sobre Tami me vieram à mente. Durante seu mestrado, ela passara, como a maioria dos estudantes chineses no estrangeiro, todo o período de dois anos sem voltar para ver a família (doutorados eram mais longos, às vezes cinco, seis, nove anos). A razão principal era o custo, minha cunhada não podia pagar a viagem de ida e volta com a bolsa de estudos. Mas, mesmo que conseguisse fazê-lo, duvido que ela tivesse ido. Nenhum desses estudantes estrangeiros queria dar à instituição que os patrocinava a impressão de que estavam tirando qualquer folga desnecessária.

A pós-graduação ocasionou um *burnout* em Tami. Ou foram os anos de estudo antes e talvez a fadiga de ser colocada em uma linha de montagem, avançando por realizações e tarefas para ser exportada como uma *commodity*. Seus pais tinham outros planos para ela, de que, depois do mestrado, Tami prosseguiria para o doutorado, então, depois do doutorado, exportaria-se de volta à China para encontrar aquele emprego acadêmico bem-remunerado. Não teve doutorado, mas teve um casamento. E, depois de se casar com o meu irmão, ela se tornou tão rapidamente a cunhada que esfregava seu status cheio de joias na minha cara que quase me esqueci da Tami que chegara lá sem status nenhum, com um visto de estudante, e que não conhecia ninguém exceto um conselheiro e um conhecido da faculdade que a apanhou no JFK.

Os pais de Tami ficaram insatisfeitos com o resultado. Vieram para o casamento, e depois do nascimento de cada neto, mas não ficaram mais do que uma semana. Eu sabia que eles tinham feito alguns comentários contundentes para Tami. Sabia que eles tinham dito, *Por que você foi para a América só para se tornar mãe? Podia tê-lo feito na China, sem todos esses anos de educação formal e a distância.* Relembrando disso, vi a busca de Tami pela maternidade sob nova luz. A crítica era dura, mas, para pais como eles, muito estivera em jogo, sacrifícios substanciais e fazer das tripas coração. Uma filha perdida, de certa forma, para outro lugar, e, se pudessem voltar atrás, talvez não a tivessem incentivado a partir. Os pais de Tami se recusavam a se mudar para os Estados Unidos e nunca titubearam dessa decisão. Uma mudança permanente para outro continente na idade deles seria limitante. Se não pudessem ler, escrever ou falar a língua local, então regrediriam, dependendo pesadamente de Tami para tudo que na China eles podiam fazer sozinhos. A China era a sua casa, e lá eles tinham boas aposentadorias, um apartamento espaçoso, autonomia. As mesmas coisas que minha mãe tinha lá e queria de volta. Então, por que se mudar para a terra da liberdade para não tê-la? Fosse lá qual o raio de ação que Tami imaginara para eles, não era o que seus pais queriam para si.

Mas vocês não querem estar próximos dos seus netos?, ela dissera na ligação, e em muitos telefonemas.

Não consigo ajudar vocês daqui. Nem sempre consigo chegar a tempo. E se algo acontecer com um de vocês? E aí?

Sim, e se algo realmente acontecesse, como uma morte repentina, um acidente atroz, como tropeçar em fios de projetores e bater a cabeça.

Um último detalhe sobre minha cunhada me ocorreu: por causa da política do filho único, ela era a única filha deles. Ela não tinha irmãos lá na China para ajudar a cuidar de seus pais como meus pais tinham seus irmãos, e como eu tinha Fang para cuidar da nossa mãe aqui. Então, se Tami não podia ir até eles, e eles não viriam até ela, o que acontece com sua família, a primeira família que Tami conhecera?

Essa família fica amputada, assim como as pessoas que fazem parte dela. Membros parecem ter sido decepados, e você se vê manquejando por aí com uma perna só. Ou como me senti depois que meus pais emigraram de volta quando eu ainda estava na faculdade, e como me senti sobre minha família na China, que continuara durante muito tempo sem mim e eu perdera a oportunidade de conhecer.

*

EMBORA, APARENTEMENTE, EU NÃO conhecesse melhor a minha família aqui.

Eu passava as manhãs na casa principal, com o café sendo servido às 7 horas da manhã enquanto Tami e a governanta tentavam aprontar três meninos para a escola. Uniformes arrumados. Sapatos limpos. Cabelo preto penteado para o lado com um pente molhado ou só com a palma da mão da mãe. Palitos de queijo, suco de laranja, pão com manteiga, tudo disposto na ilha da cozinha para os meninos pararem e agarrarem como carros de corrida. Eu trocava algumas palavras com meu irmão, que estava sempre no celular verificando números do fechamento das bolsas da Ásia enquanto esperava que o motorista da firma viesse apanhá-lo. *Dormiu bem? Mais café? Chá? Biscoitos?* Que todas as manhãs houvesse um prato de biscoitos quentinhos sobre o balcão me deixava estupefata. Eram todos os confortos de um lar no qual nenhum adulto ali crescera, mas que agora tinham à disposição. A auxiliar chegava – olá, acenos – e depunha suas coisas antes de subir para o andar de cima para buscar minha mãe, que se permitia dormir um pouco mais. Três mochilas escolares eram trazidas, suas alças eram ajustadas, depois disso meu irmão se aproximava para dar um tapinha na cabeça de cada filho, no menor um abraço de tirá-lo do chão, e então Tami tratava de colocar todos porta afora. Silêncio por um momento, antes de eu ouvir os sons de um reluzente sedã preto estacionando lentamente. Caso já tivesse terminado seu café, Fang partia. E se nesse momento nossa mãe já tivesse descido, ele lhe dava um beijo rápido na bochecha.

Estava confusa e ficava ainda mais pelas cenas de afeto físico que eu nunca vira. Eu me perguntava por que nunca as vira, ou se nunca prestara atenção. Não, eu prestara atenção antes, quando éramos só Fang, eu e nossos pais, e afeto físico era algo difícil de encontrar. Como noite e dia, comparar essa cena do café da manhã com as da minha juventude, quando às vezes nem nosso pai nem nossa mãe estavam juntos e o único barulho era o tilintar da minha colher contra a tigela de cereal, era uma emoção opaca que tomava conta da minha cabeça.

No Dia de São Valentim (ou Dia dos Namorados), o número de casos na China havia dobrado outra vez, para pouco mais de 66 mil. Em um discurso à nação, Xi Jinping chamou a doença de um grande teste para o país, mas que eles iriam, todos os 1,4 bilhão de chineses, atravessar o rio no mesmo barco, ou pelo menos era essa a expressão idiomática usada. Quinze casos nos Estados Unidos, quando o CDC anunciou que a doença ainda era muito pouco conhecida e alguns kits de testagem haviam sido considerados defeituosos.

No Dia de São Valentim, Fang e Tami saíram para jantar fora, só os dois, deixando a mim e à minha mãe cuidando dos meninos. Pedimos pizza.

Quando Fang e Tami comiam conosco, uma grande parte da conversa do jantar girava em torno dos meus sobrinhos e suas atividades. O caçula começara a jogar tênis, algo que os filhos do meio e o primogênito já faziam. *Meninos precisam do tênis*, meu irmão disse, *senão não vão dar certo*. Fang não era um pai rígido, mas falava com um filho por vez e como se fossem pequenos adultos. *Diga três coisas que você fez hoje; liste as três coisas que pretende fazer amanhã*. Ele tinha uma regra 60-40, de que 60 por cento da sua voz parental deveria ser usada para fazer elogios, e 40 por cento para críticas construtivas. Tami não tinha essa proporção e era bem menos estrita. Depois do jantar, instituía noite de jogos ou colocava um filme. Ela mandava os meninos tomarem banho, escovarem os dentes, irem para a cama, mas então haveria uma prorrogação de dez minutos em que se acalmariam para dormir. Será que ela estava tentando ser uma mãe melhor do que a dela fora para ela? Do que a minha fora conosco? Uma mãe divertida, a coisa mais americana de todas, uma mãe que também era uma amiga. As circunstâncias melhoram. Tempo, dinheiro, sem a questão da sobrevivência pendendo sobre as cabeças. Quando criança, eu não sentira minha situação como precária, não até eu me tornar adulta. Porque uma criança pode se acostumar com qualquer coisa, uma criança encontra um jeito de crescer.

Depois de consumirmos toda a pizza do Dia de São Valentim, eu me ouvi dizer a mesma coisa para meus sobrinhos. Banho, escovar os dentes e ir para a cama.

Mas são só sete horas, eles responderam.

Então só banho.

Que tal uma história ou uma noite de jogos ou um filme?

Eu disse que não conseguia ser como a mãe deles.
Que tal lição de casa?
Não está feita?
A hora da lição já passou.
Então está feita.
Não foi o que dissemos.
Demorei mais um segundo para me dar conta de que por "a hora da lição já passou", eles queriam dizer que já tinham passado por essa etapa e portanto não podiam voltar a isso. Era mais difícil assistir meus sobrinhos não fazerem trabalho nenhum à noite do que pegar todas as páginas deles e terminá-las eu mesma. Resolver problemas no papel podia ser algo glorioso, e eu não tinha preenchido ficha nenhuma desde que entrara de licença.
Talvez você tenha sido enrolada, disse minha mãe, quando me viu à beira da mesa de jantar com uma pilha de fichas escolares e uma calculadora, tentando escrever meus números como se fossem de uma criança.
Banho, escovar os dentes e ir pra cama, falei para ela também.

*

RECENTEMENTE, EU PERCEBI UMA COISA. Olhei para baixo, para minhas mãos, e percebi que têm o mesmo formato que as mãos do meu pai. Os mesmos dedos e unhas retos e quadrados, as mesmas protusões nas juntas e dobras em torno delas. Não eram idênticas, é claro, sobretudo os vincos, mas uma vez que tinha percebido, eu não conseguia parar de olhar para elas. Eu não conseguia parar de estender as mãos e inspecioná-las de diferentes ângulos, então olhar para mim mesma num espelho. Meu rosto, minha estatura e os ombros bem caídos eram da minha mãe. Mas o jeito de segurar um garfo, os palitinhos; como minhas mãos gesticulavam, se flexionavam e repousavam no meu colo, os dedos naturalmente recolhidos.

A única diferença era que as mãos dele eram perpetuamente enrugadas e craqueladas. O cheiro de graxa irradiava de sua pele assim que meu pai entrava num cômodo. Caspa sobre os ombros, uma boa camada dela em seu cabelo, o couro cabeludo seco, mas pareciam partículas de gesso. Seus sapatos tinham cheiro ruim; seus pés podiam ter cheiro ainda pior. Por meia hora depois do trabalho, ele teria de ficar no chuveiro. Lá fora, na cozinha, minha mãe, prendia a respiração, segurando a camisa manchada com a qual ele trabalhava pela menor porção possível de tecido, entre o dedo indicador e o polegar, e, com o braço esticado, corria tão rápido quanto possível para o tanque onde a peça de roupa seria mergulhada na água. Ele não era sujo – todavia, eu mesma, sua própria filha, pensara isso. Meu pai não era retraído, insensível, incompetente, atrapalhado, um peixe fora d'água – todavia, eu também pensara essas coisas. Eu me sentia culpada por ter sobre ele as impressões que um estranho poderia ter, à primeira vista. Mas, como sua filha, eu deveria ter tentado mais, quando ainda tinha a chance, de trazê-lo para fora, de ouvi-lo e apoiá-lo, de apoiar os dois.

As mãos da minha mãe não eram tão enrugadas, mas maltratadas por anos de produtos de limpeza e alvejante. As linhas de sua mão eram engastes rasos, suas impressões digitais, gastas.

Eles devem ter brigado muito, mas fui preservada disso. Antes de Fang chegar, eu era pequena demais para entender, e, depois que ele estava lá, meu irmão podia ouvir por mim. No momento em que percebia que havia algo errado, que uma briga séria estava para começar, ele dizia em chinês, *ei, Jiu-an, vamos lá fora.*

Mas está frio lá fora, eu respondia em inglês, já que não há melhor maneira de ferir sua família do que não falar na língua nativa deles embora você possa fazê-lo.

E daí? Você galinha? (Seu inglês melhorando rapidamente.) *Vamos lá, galinhazinha, vamos.*

Dezenas de vezes, ele me chamou de "galinhazinha" e me levou para brincar lá fora. Quando voltávamos, uma hora depois, a briga tinha terminado.

Ensinei ao meu pai o significado daquela expressão, peixe fora d'água, mas fora ele quem me ensinara de fato. Então, aqui você diz "peixe fora d'água". Mas lá você diria, "como um peixe para a água", ou *rú yú dé shuǐ* (如鱼得水) – como um peixe devolvido à água. Ele desistia de novo. *Oriente e Ocidente nunca vão se entender, nunca vão se dar bem.*

Será que ele se referia a nós? Será que ele era o Oriente e eu o Ocidente, dois peixes discutindo sobre as expressões idiomáticas às quais pertenciam?

Outras questões que eu nunca pensei em perguntar a meus pais, que nunca pensei em descobrir: Os dois brigavam menos desde que voltaram para a China? Meu pai logo encontrou um trabalho melhor, e eles compraram o apartamento que ficava num andar alto e tinha uma sacada envidraçada. Que o padrão de vida deles tivesse melhorado tão rápido fez com que eu me perguntasse, uma vez, por que não haviam voltado antes, digamos dez ou quinze anos antes, por que ficaram por tanto tempo nos Estados Unidos, para quê, para quem – prova de que mesmo pessoas inteligentes podem fazer perguntas idiotas. E, se não estivessem brigando tanto, o que faziam nas suas horas livres, menos tensas? Eu não conseguia imaginar os meus pais e lazer, se divertindo (ou sabendo o que fazer por lazer, se o nosso traço mais valorizado era a resistência), mas esse é o meu ponto cego, não o deles. Pois eu sabia que se divertiam, graças às fotos ocasionalmente enviadas, imagens dos dois em pé, um ao lado do outro, junto a um lago de tartarugas, ou fotos de grupo em mais uma mesa de banquete, com rostos desconhecidos. *Quem é esse?*, eu perguntava, e recebia: *Antigos colegas de escola, velhos amigos. Saímos juntos para cantar na semana passada, ou dançar, ou observar tartarugas.*

*

NO FERIADO DO DIA DO PRESIDENTE, enviei uma mensagem de texto para Madeline lhe felicitando pela data comemorativa, já que eu sabia que ela folgava às segundas-feiras. Ela me respondeu dizendo que estava nevando e que, para onde quer que olhasse pela janela, sentia que estava vivendo num globo de neve, o que era legal. Madeline ficou em casa o dia todo com o namorado e suas plantas, assistindo distraidamente *West Wing: nos bastidores do poder*. Comentei *que apropriado*. Uma pergunta que sempre fazíamos aos pacientes que saíam da sedação, para testar sua cognição, era quem era o atual presidente. Às vezes eles davam nomes ficcionais como Jed Bartlet, e ela finalmente queria saber quem era esse. Agora ela estava bem adiantada na quarta temporada.

Reese voltou da licença de autocuidado e está de volta ao trabalho, ela escreveu.

Respondi que eu o invejava. *Há quanto tempo ele estava de volta? Duas semanas, metade delas à noite.*

Era claro que o diretor estava punindo Reese, mas pude sentir meu rosto se afoguear. Parecia injusto colocá-lo nesse horário e ao mesmo tempo me deixar ociosa e comendo *steak tartare*. (Um prato que o *chef* preparara outra noite e que, embora delicioso, não consegui terminar sem imaginar o montinho vermelho como meu cérebro, e lá estava eu com minha colher de chá cheia de descanso, de privilégio, extraindo às colheradas o conteúdo do meu próprio cérebro, me deixando vazia. Minha mãe não tocou no dela. Ela entrara num dos seus humores honestos e estava questionando o jeito como Fang fazia as coisas, como "por que você me serviria carne fria e crua com um ovo cru?" *Faz parte da alta gastronomia*, ele respondeu. Fang pensara que era algo novo que todos podiam experimentar. *Você não precisa comer, Ma, podemos trazer sopa para você. Mas por que precisávamos de alta gastronomia em casa?*, ela questionou. *O que há de errado com a comida normal de todos os dias?*)

Numa mensagem, Madeline caçoara um pouco mais de Reese: parece que ele tinha uma nova namorada e quase limpara a própria mesa.

Então ela começou a digitar algo. O balão das reticências apareceu, desapareceu, apareceu de novo. O texto que finalmente entrou não era longo, mas era sério. Madeline disse que não queria causar pânico desnecessariamente e que nada oficial fora anunciado, mas o hospital vinha se preparando e os diretores estavam se encontrando a portas fechadas. Os casos na Europa estavam subindo. Em duas semanas, ela previu, a capacidade de leitos precisaria ser dobrada, todas as especialidades teriam de ser acionadas e todos os médicos especialistas que não estivessem trabalhando teriam de ser chamados de volta.

Respondi que conseguia imaginar.

O quê?, ela disse. *A merda que se aproxima?*

Pelo menos a curva da China começara a cair.

A China é a China, disse Madeline. *Mas e os países ocidentais, que têm mais liberdades, diversidade e uma noção muito arraigada de individualidade?* Seus familiares na Alemanha não paravam de lhe perguntar se deviam se preocupar. O primeiro caso chegara na Baviera, onde sua mãe e sua irmã ainda moravam.

E o que você disse?, quis saber.

Contei que deviam se preocupar, ela falou. Madeline aconselhou a mãe a parar de sair de casa, o que ela se recusou a fazer, já que essa mãe era de uma cepa forte e oriunda de pais que tinham vivido a guerra, então o que era um viruzinho comparado ao exército alemão marchando sobre a cidade? Sua outra resposta aos seus alertas era perguntar à filha se viver nos Estados Unidos por tanto tempo havia derretido o seu âmago. Alemães não conheciam medo, eram capazes de aguentar tudo (em outras palavras, também os alemães eram capazes de engolir a dor). Então não, a mãe de Madeline não ia parar de sair de casa todo dia para comprar pão fresco, embora valorizasse a preocupação de sua filha americanizada.

Mães teimosas, mães difíceis.

Lamento, escrevi, com uma carinha triste.

O que se pode fazer?, Madeline respondeu, com um *emoji* de Mulher Loira Dando de Ombros.

Antes de ela voltar ao *West Wing*, eu lhe contei o que descobrira sobre LaCroix e seu passado bávaro escondido. *É escandaloso*, ela disse. *Transformar cerveja lager em água com gás sem caloria alguma.*

*

NO DIA 20 DE FEVEREIRO, a província de Hubei relatou apenas 349 casos, o número diário mais baixo no epicentro desde o início da doença. Um casal norte-americano estava fazendo um cruzeiro de seis meses de duração ao redor do mundo, quando, no Japão, a temperatura do marido subiu vertiginosamente e ele teve que ser retirado do navio e isolado em um hospital local. Agora, a mulher estava de volta aos Estados Unidos enquanto o marido ainda estava no Japão. Ele disse à CNN que estar separado e isolado lhe dava uma sensação estranha de solidão – "você fica totalmente sozinho, e não há ninguém aqui para cuidar de você" (a não ser pelas enfermeiras e pelos médicos japoneses). Ele gostaria de voltar a se reunir com a esposa e acreditava que o melhor atendimento que podia receber era no solo de seu próprio país.

Solo do lar.

Prato do lar.

Mas como é o solo do nosso lar? Pois os solos todos, em algum momento, não entram embaixo das unhas e precisam ser limpos?

Minha mãe e Fang discutiam mais abertamente agora. Ela dizia, *o que é mais um vírus comparado com o que enfrentei na vida adulta?* Ela era durona.

Ser durona mentalmente não se igualava a ser fisicamente durona, Fang lhe explicava, e, se ela realmente ficasse doente, a determinação de ficar bem não mudava a qualidade do seu sistema imune nem a faria voltar no tempo. *Você tem 70 anos, Ma.*

Ela disse que tinha 69. Seu aniversário era em novembro e minha mãe se recusava a completar 70 anos neste país, simplesmente se recusava a ficar aqui por tanto tempo.

Fang tentou me envolver na conversa, mas não tive condições. Eu não podia defender um lado. Embora meu irmão tivesse razão.

Eu simplesmente não entendo, Tami dizia. *A senhora está desconfortável aqui? Fizemos a senhora não se sentir bem-vinda? Precisa de mais espaço?*

Quando a Air China adiou o seu voo de março, e então, um dia depois, o cancelou, minha mãe veio até a casa de visitas para desabafar de novo e para ligar para o SAC da companhia aérea para desabafar com o primeiro atendente disponível.

Sim, oi, olá, tenho algumas coisas a dizer sobre o que vocês estão tentando fazer conosco. Eu saí para visitar meus filhos como qualquer mulher recém-viúva poderia fazer, pelo que achei que seriam só alguns meses, e agora não me deixam entrar, eu, compatriota de vocês. Estão tentando nos isolar e nos manter numa espécie de limbo. Somos supérfluos para vocês.

O atendente pediu desculpas por qualquer inconveniente, mas realmente não havia nada que ele pudesse fazer, eram decisões do governo, quais voos tinham autorização para entrar e quais não tinham. Eram medidas temporárias, com o propósito de reduzir o tráfego e afunilar a entrada de viajantes internacionais em alguns aeroportos selecionados com capacidade para fazer triagens individuais.

E desde quando eu sou uma viajante internacional?, ela perguntou. *Eu moro aí. Me criei aí. Sou cidadã. E também o número de casos diários estava caindo, então por que as regras de viagem estavam ficando mais restritas em vez de relaxadas?*

O agente mencionou os casos em outros lugares.

Mas ainda são tão poucos. Por que estão fazendo isso comigo? Que espécie de atendimento ao cliente é esse?

Sem pagamentos de taxas extras, o atendente se ofereceu para colocá-la no próximo voo disponível em abril, que era quando esperavam que pudessem retomar a escala de voos normal. Ele lhe agradeceu pela paciência.

*

DUAS VEZES POR SEMANA, a van de uma loja de secos e molhados ia até a casa do meu irmão entregar produtos frescos e variados, então uma segunda van chegava trazendo apenas produtos e *snacks* chineses. Minha mãe descascava sementes de girassol à velocidade de meio saquinho por hora. Ela preferia apenas marcas específicas de ameixas secas e bolos de pão de ló assados no vapor apenas de padarias chinesas específicas. Os motoristas descarregavam suas respectivas vans. A governanta e a auxiliar reabasteciam a geladeira e a despensa. Quando minha mãe se oferecia para ajudar, lhe diziam que todas as coisas pesadas já tinham sido carregadas.

Mas por que o pão integral nos Estados Unidos é mais caro do que o pão branco?, ela indagava, perscrutando as sacolas térmicas prateadas da primeira van. *Por que o arroz integral aqui é mais caro do que o branco? Na China, é o contrário. Pois o arroz branco demora mais para ser processado e deveria custar mais.*

Na China, as escolas públicas são melhores do que as escolas particulares.

Na China, alunos fazem sua própria lição de casa, pois são aplicados.

O que foi dito para mim, já que eu estava debruçada sobre uma nova pilha de fichas, uma cortesia dos meus sobrinhos.

Respondi que eu estava gostando.

Você gosta de fazer o trabalho das outras pessoas?, ela perguntou.

Eu disse que mais ou menos, pois fazia eu me sentir necessária ou algo assim.

Mas aí a outra pessoa não aprende, ela disse. *Está prejudicando a outra pessoa ao tirar dela a chance de sofrer.*

Na China, todo mundo sabe sofrer, porque todo mundo é aplicado.

Na China, ele e eu éramos considerados moradores urbanos e bem posicionados para emigrar.

Na China, achei que emigrar não seria tão difícil, não achei que seria assim.

Você não está emigrando novamente, mãe, eu precisava lembrá-la. *Você só está fazendo uma visita longa.*

Ah, ela dizia, saindo do transe e percebendo que eu ainda estava sentada ao seu lado. Minha mãe decerto estivera se lembrando de um tempo antes de mim, quando ela e meu pai ainda eram jovens. A data do seu voo recém-reagendado para abril a faria perder o Qingming Jie, ou o Dia de Varrer Túmulos. Quem limparia o túmulo de seu marido e colocaria flores frescas na cornija? Ela podia pedir para uma de suas irmãs fazê-lo, mas não seria a mesma coisa. O primeiro ano em que ele se fora, e mamãe não estaria lá para homenageá-lo. Ela conversava com ele antes de ir para a cama agora, como se meu pai estivesse no cômodo, prestes a ir dormir. Ela lhe contava sobre seus dias tediosos.

Então seu humor mudou. Um princípio de ideia se formara, fazendo-a tamborilar, excitada, o balcão da cozinha. E se fôssemos de carro até o aeroporto agora mesmo e falássemos com um funcionário da Air China ao vivo? Quando ouvissem a história dela, teriam de colocá-la em um avião.

Falei que eu não iria levá-la ao aeroporto.

E se eu mesma dirigir?

Você não pode dirigir aqui, mãe. O greencard *não é uma carteira de motorista.*

Mas mesmo assim, e se eu dirigisse?

O que tem? E se a senhora entrasse na autoestrada?

Eu poderia, sabe. Sou sua mãe. Já cruzei mais pontes do que você.

É uma metáfora. As pontes são figurativas.

Minha mãe fez cara feia e olhou para o outro lado. Quando voltou a olhar para mim, era óbvio que estava brava. *Está certa, Joan-na. Tudo em você é perfeito e certo. Que sorte minha ter uma filha como você.* Seus olhos cuspiam punhais na minha direção e eu sabia que só podia estar me desafiando.

Estendi as mãos e perguntei o que ela queria que eu fizesse.

Nada, ela respondeu. *Não precisa fazer nada, já que você já é a filha perfeita.*

Pedi para ela parar de me chamar daquele jeito.

Então pare de me tratar como uma criança.

Quando desviou o olhar outra vez, eu me perguntei se era isto o que ela estava pensando, mas talvez não soubesse como expressar: Na China, posso até ser uma viúva, mas pelo menos não sou uma criança. Só porque perdi meu marido não significa que perdi minha cabeça, e preciso de ajuda não é com dinheiro ou comida, mas com outra coisa bem diferente.

Eu disse que deixaria ela percorrer a entrada da garagem e voltar, mas só se eu ficasse sentada no assento do passageiro, com a mão no freio de mão.

E a babá?

Ela pode sentar no banco de trás.

Minha mãe escolheu a Land Rover nova de Fang, creme com interior em couro vermelho e fechamento automático de portas. A entrada da garagem demorou um minuto inteiro para ser percorrida a dezesseis quilômetros por hora, com o teto solar aberto para entrar uma brisa. Fazia um grau lá fora, nos informava o painel, e a minha mãe, que havia amarrado um cachecol em volta do pescoço, ligou o rádio no primeiro canal com música. Inevitavelmente pensei no Mustang verde, em sorvetes do Wendy's e no verão. Nossa família nômade de quatro passara apenas seis verões juntos antes de Fang partir para a faculdade. Pode nunca ter havido um lar da minha infância, mas, depois que fui para a faculdade, não havia lar físico nenhum.

É possível que uma de suas preocupações seja que sua família tenha fracassado?, um terapeuta me perguntou certa vez.

Fracassou no quê?

Em estar junto, ao dar mais valor ao sucesso do que a manter junta sua unidade social.

Na época, achei a pergunta estranha, mas agora penso que era uma pergunta insular e míope. Alguns elos são tão forjados no fogo, algumas experiências são tão permeadas por sentimentos que é impossível não vê-los com amor.

No final da entrada da garagem, verificamos a caixa de correio. Então minha mãe fez uma volta perfeita e nos levou de novo até a casa principal.

*

DESDE QUE DEIXARA A CIDADE, eu não tinha escrito nada ao meu coanfitrião/vizinho, até que Mark finalmente me escreveu:

Você está bem?

Estou, respondi. *Meu apartamento está bem? A mesa de jantar foi retirada, todas as cadeiras extras, todo mundo se foi, a porta está trancada e segura?*

Sim, ele respondeu. *E está tudo bem conosco?*, perguntou. Como vizinhos e oxalá ainda amigos, ele não tivera a intenção de ser invasivo.

Mas foi, disse.

Ele disse que não fora sua intenção, e pedia desculpas.

Respondi que apreciava o pedido de desculpas.

Então Mark me perguntou por que eu não lhe dissera antes que ele estava visitando com frequência demais e se tornando um incômodo.

Eu teria parado, ele sugeriu. *Ou pelo menos maneirado*. Ele imaginara que eu o quisera lá, que desejara a reunião de boas-vindas, pois eu nunca dissera o contrário.

Nunca concordar com algo era concordar?, perguntei.

Deveríamos ter nos comunicado melhor, ele disse, e que estava bravo consigo mesmo que não o tivéssemos feito. *O que você acha?*, Mark perguntou. Ele achava que sempre fora claro sobre suas intenções, mas talvez alguns aspectos tivessem passado desapercebidos. *Será que poderíamos tentar, doravante, dizer o que pensávamos?* Ele via isso como uma oportunidade de crescimento.

O lóbulo da raiva explodiu na minha cabeça com um pólipo. Eu sentia a irritação evaporando pelos meus poros.

Minha epifania. Mark era exatamente como Reese – bem-intencionado em vários aspectos, totalmente sem noção em outros. Nenhum dos dois conseguia imaginar ter desperdiçado o tempo de uma pessoa nem tampouco ter consumido todo centímetro cúbico de ar em uma sala. Porque pessoas espaçosas eram cheias de si. Acreditavam que suas próprias perspectivas reinavam supremas. E, ao passo que eu fora ensinada a não ser saliente ou poluir o ambiente, a não causar problemas e ser uma boa convidada, alguém como Mark era educado com regras diferentes – sim, faça pressão, provoque, chame a atenção, um pouco de problema é bom, já que o resto de nós sempre vai ser complacente com você e, talvez, até premiá-lo por simplesmente ser você mesmo. Nem tudo disso era culpa dele, porém. Eu não devia ter aberto minha porta para Mark e aceitado seus presentes. A chave extra fora um erro, e era culpa minha não ter aberto a boca antes. Eu acreditava que tudo o que ele tinha a oferecer era valioso. Minha culpa. Era totalmente verdade que eu não tinha conhecimento sobre os livros de que ele gostava, sobre beisebol, programas de tevê, charcuterias e decoração de interiores. Minha suposição inculta de que, quando os franceses falavam sobre comer pão e dor, eles estavam falando sobre algo que eu conhecia muito bem. Mas não ter sido mergulhada na mesma cultura em que ele fora não fazia de mim alguém que precisava da ajuda dele, e que Mark agisse como se fosse tarefa sua me aprimorar era algo tão presunçoso quanto errado. Por que nunca considerou o contrário? Apesar de todos os seus pensamentos cultos e conscientes, eu não era pelo menos uma pessoa de dois idiomas e duas culturas? E tendo chegado aonde estava hoje, será que eu não sabia algumas coisas que ele desconhecia?

Decidi não lhe responder nem fazer o que eu queria fazer, que era ligar e despejar tudo em cima dele até Mark entender de onde eu vinha. Gastar mais energia com ele não era a resposta. Por que tentar se explicar para alguém que não tinha capacidade de ouvir?

*

MEU CABELO CRESCERA, estava longo e ressecado. Eu o lavava dia sim, dia não, mas raramente o escovava, e já que não havia razão para mantê-lo afastado dos meus olhos, eu o deixava solto. Um dia de manhã, num final de semana, bem antes de qualquer pessoa acordar, Tami, num abrigo bege de corrida, me encontrou usando a blusa de gola alta marrom. Eu estivera folheando livros de imagens sobre a mesa de centro da sala deles quando, passando atrás de mim, ela levantou uma mecha do meu cabelo pela ponta e nós duas o observamos cair apaticamente. Então minha cunhada se sentou à minha frente e se ofereceu para me levar no salão de beleza que ela frequentava para que eu pudesse aparar, fazer escova naquela bagunça e besuntá-la com um mousse rico em nutrientes.

Respondi que eu não queria que meu cabelo se parecesse com um ninho de pássaro.

Por que pareceria um ninho de pássaro? O meu cabelo se parece um? Não, então por que o seu pareceria? Estou aqui tentando ajudá-la. Foi só uma sugestão.

E, assim, nós estávamos discutindo. Do estado lamentável do meu cabelo chegamos em quando eu me casaria e teria meu primeiro filho. *Ele não precisa ter posses*, Tami disse sobre esse marido imaginário. *Nem um trabalho importante*, ela acrescentou. Desde que fosse bom para mim. Deixei escapar uma risada e recebi de volta um olhar penetrante. Tami perguntou por que eu não me preocupava mais com esses detalhes práticos, já que pessoas que nunca se casam se tornam marginalizadas, e uma mulher não é uma mulher de verdade até que tenha um filho.

Algumas palavras precisam de anos para serem perdoadas. Ou nunca o são. Eu, a não-mulher sem filhos e esposa de zero senadores, gostaria de me aproximar de minha cunhada, mas ela também sabia me afastar. Tami perdoou os próprios pais por sua frustração com o fato de ela ter se tornado apenas uma mãe? O ressentimento pode ser pago com ataques, e frequentemente o é, para fazer o nosso próprio ressentimento doer menos.

Tami, essas são minhas escolhas, não de vocês, falei. *A maneira como você lidaria com uma situação nem sempre é a minha maneira.*

Sua cabeça se encolheu um pouco para dentro do pescoço, mas nem assim ela desenvolveu um queixo duplo nem pareceu menos refinada.

O que eu estava tentando dizer, ela esclareceu, *é que, para crescer, uma mulher precisa estar disposta a assumir vários papéis. Você é capaz de fazer tudo bem, Joannie, então não tenho dúvida nenhuma de que, se colocar na cabeça de ser uma esposa e uma mãe, você vai se dar bem, talvez até mesmo seja fantástica. Não se force a ficar sozinha. Feministas também têm filhos.*

Nesse momento, eu tive muitos pensamentos, mas nenhuma resposta boa. Então deixei minha vez de falar passar até que Tami começou a falar de novo.

E quando você tiver filhos, ninguém vai discutir com você, nós não vamos, não mais. Ninguém mais vai vê-la como uma criança ou achar que se desviou do caminho certo ou que perdeu sua chance. Uma vez mãe, você se torna legítima e, portanto, intocável. Considere isso uma saída.

Sobre a maternidade, Tami uma vez dissera que não havia nenhuma outra profissão e eu repliquei que era claro que havia outras profissões. Me parecia engraçado agora como a maternidade podia funcionar. Que ter um filho fazia de você uma mulher de verdade que não era mais uma criança, mas então quando seus próprios filhos se tornavam adultos, você voltava a ser criança de novo.

Sons de pés descalços descendo as escadas, de falas abafadas, e meus sobrinhos tentando ser discretos, sem conseguir. A porta da geladeira se abriu, mas não fechou.

Perguntei para Tami como ter filhos podia ser considerado uma saída. Quantos mais eu tivesse, mais eu teria a fazer, a mais lugares teria de ir. Visitas ao pediatra sozinha, ao dentista, sustos no pronto-socorro, então de volta ao mercado para comprar mais comida. Minha mãe precisaria vê-los. Ela viria voando da China, e então meus muitos filhos e eu teríamos de voar até lá para vê-la.

Sua mãe vai estar aqui.

Respondi que achava que não.

As bochechas de Tami se enrubesceram, assim como as minhas.

Posso lhe perguntar uma coisa?, ela disse, a voz como uma lâmina, e sem esperar pela resposta perguntou: *Você se acha melhor do que as mulheres que não trabalham? A maternidade, de alguma forma, não é digna para você?*

Absolutamente não, respondi. *Mas já que a maternidade é exaltada como uma santidade, eu sentia que a mãe que não trabalhava se achava melhor do que eu.*

Não, não melhor, ela disse. *Só diferente.*

Ah, diferente, falei. E contei que detestava essa palavra.

Nós nos encaramos por mais um pouco de tempo e então à mesa de centro. Tami levou a mão à garganta e começou a esfregá-la. *Eu não tenho certeza se sabe disso, Joannie, mas você pode ser muito intimidadora às vezes.*

Intimidadora? Eu? Pensei em todas as coisas com as quais já tinha sido comparada. E disse à Tami que nenhuma versão de mim era assim tão temível.

Mas é por isso que você intimida. Olhe só tudo o que conseguiu realizar. Você absolutamente não tem medo de baixar a cabeça e seguir adiante quando a maioria das pessoas teria. Quero que tenha tudo, eu realmente quero, e, pensando longe em nossos futuros coletivos, seu irmão e eu também não queremos que fique sozinha. Não queremos que a mãe de vocês fique sozinha. Então, com sua carreira agora estabelecida, não é hora de modificar seus objetivos?

Não lhe dei uma resposta direta e ela não me pressionou por uma. Passou tempo suficiente para nós duas ficarmos em pé e voltarmos à cozinha, onde todo mundo estava. Minha mãe estava sentada junto à ilha central com sua água quente e seu celular, uma nuvem de vapor à sua volta. Fang tinha acabado de descer, o cabelo molhado do chuveiro, e ligado a máquina de café. Meus sobrinhos haviam encontrado alguns brinquedos de piscina no armário e estavam se golpeando com macarrões de espuma.

*

NO DIA 1º DE MARÇO, uma mulher que voltava do Irã se tornou o primeiro caso conhecido no estado de Nova York. Um oficial de saúde francês alertou contra beijar bochechas, ou *la bise*, e apertos de mão. O cirurgião-geral dos Estados Unidos tuitou, "Sério, gente – PAREM DE COMPRAR MÁSCARAS! Não são eficazes para evitar que o público em geral pegue #coronavírus". Um homem do estado de Washington foi o primeiro norte-americano a morrer da doença.

Naquela semana, quando cheguei minha caixa de e-mails, um dilúvio de mensagens do conselho de diretores tanto do West Side Hospital quanto da nossa filial irmã, do East Side, explicava as mudanças que estavam por vir. As unidades de tratamento intensivo seriam expandidas, algumas para andares inteiros, e, nos piores cenários, para saguões, átrios, o que significava que nos piores cenários os cafés dos saguões teriam de ser fechados.

Não fiquei chocada que algo como aquilo estivesse acontecendo, mas que estivesse, na verdade, acontecendo conforme o previsto era algo mais do que um choque. Quando disse para Fang e minha mãe que eu precisava voltar à cidade para trabalhar, mamãe disse *ah ok*, e só. Ela estava com um humor melhor do que o de costume desde que a Air China havia entrado em contato com ela com um lugar num voo de abril, e, com o vírus na China agora controlado, suas irmãs estavam de novo enviando vídeos de bichos, de animais domésticos fazendo gracinhas e acrobacias. Enquanto nossa mãe ria sozinha, e então ia para a sala de estar para deslizar seu celular,

Fang e eu olhamos um para o outro, sabendo que não havia chance de que aquele avião fosse decolar. Meu irmão então perguntou se eu queria voltar ao trabalho, considerando que ainda tinha duas semanas de licença. Contei que estavam oficialmente chamando todo mundo de volta, até mesmo enfermeiras e médicos aposentados, todos os braços eram necessários para o que provavelmente seria um trabalho de mês inteiro, pelo menos. Já que as mortes vinham um mês depois dos casos, a capacidade hospitalar de abril provavelmente chegaria ao nível de alerta 1, então nível 2, então o nível muito, muito ruim.

Meu irmão perguntou se eu estava preocupada com a possibilidade de ficar doente.

Respondi que eu tomaria todos os cuidados necessários.

Você pode ficar aqui o quanto quiser, ele disse, e eu lhe agradeci, ao que ele respondeu que não havia necessidade de agradecer.

Obrigada, falei e ele disse: *Falei não há necessidade de agradecer*.

Eu podia adivinhar o assunto que Fang abordaria a seguir, já que já estava na cabeça de todo mundo. *Os Estados Unidos ainda têm muitos problemas, não é?*, minha mãe dissera outro dia, talvez no dia anterior, enquanto estávamos zapeando pelos canais e um trecho de notícias locais apareceu. Problemas que não eram para ela resolver, mas minha mãe olhou para mim com expectativa, como se fossem meus.

Você ouviu como estão chamando o vírus?, Fang me perguntou, e todo mundo já tinha visto.

No dia 11 de fevereiro, a OMS, preocupada em manter a nomenclatura científica, concordou em COVID-19, CO para corona, VI para vírus, e D para doença, 19 para o ano em que a doença apareceu. Alguns americanos acharam que a palavra *corona* significava outra coisa, e buscas no Google por vírus cerveja, ou um vírus que você poderia pegar ao simplesmente beber uma cerveja, surgiram. Mas alguns oficiais do governo também acreditavam que era importante manter os americanos informados e relembrados de onde o vírus viera. Então, o vírus da China, o vírus chinês, a gripe chinesa.

Vídeos haviam começado a circular on-line, a maioria dos quais eu nem sequer consegui assistir inteiramente. Clipes de asiáticos sendo atacados nas ruas e nos metrôs. Sendo chutados, empurrados ou recebendo uma cuspida por usarem máscaras e sendo acusados de não terem trazido nada ao país a não ser doença. Mulheres ou velhos costumavam ser o alvo dos ataques, ambos alvos mais fáceis. A pior parte era que poucas pessoas em volta das pessoas atacadas faziam qualquer coisa. Ninguém impediu a desvairada senhora branca de descer sua sombrinha sobre o rosto coberto de uma mulher mais velha ou de apontar a sombrinha para a mulher como se fosse uma arma. *Orgulho de ser americana. Volte pra China.* Nem Fang nem eu mencionamos esses acontecimentos para nossa mãe, mas parecia que ela já sabia, considerando-se a frequência com que seus amigos na China perguntavam se mamãe estava se sentindo em perigo o tempo todo. O sentimento deles era: quem ainda quer ir para os Estados Unidos, quando o outro lado do mundo estava se saindo muito melhor e não tinha nada desse tipo de perturbação? *Todo país tem seus problemas, não é?*, era a única resposta da minha mãe, e que ela estava fazendo o possível para voltar. *E seus dois filhos?*, perguntavam. Ela estava preocupada de que vivêssemos sozinhos nos Estados Unidos? *Nenhuma mãe deixa de se preocupar, mas meus filhos são adultos, já há algum tempo. Sabem cuidar de si.*

    Meu irmão achava que os ataques continuariam, então não via sentido na minha volta. Como na maioria de suas posições, ele não estava totalmente errado, e, à sua pergunta de por que voltar, suspirei e dei de ombros, com se eu não soubesse. Mas eu sabia. Eu voltaria porque, bom ou ruim, aquele era o meu trabalho.

    Era possível que as tendências migratórias de uma família levassem cada membro a encontrar sua própria noção de pertencimento? Aonde meu irmão pertencia, se não junto de sua riqueza e suas aspirações de ascender à terra dos gigantes? Aonde eu pertencia, se não nos limites do meu trabalho bem definido? E aonde minha mãe pertencia, aos próprios filhos ou àquela outra vida que ela e meu pai haviam criado alhures, depois que crescemos? Lar podia significar muitas coisas. Podia ser tanto um conforto quanto uma dor. Podia exilar você por um tempo, mas então exigir seu retorno. Eu voltaria não porque esperava que alguém se importasse comigo ou conosco, não necessariamente para ser vista como uma boa pessoa, uma pessoa gentil, mas porque o trabalho precisava ser feito e eu já sabia que era uma boa médica.

*

SEMPRE ESCUTEI DIZER QUE, no dia em que meus pais embarcaram naquele avião para os Estados Unidos a fim de começar do zero, Fang, então com 6 anos, chorara, gritara e precisara ser puxado do portão de embarque, onde enrolara os braços em volta das barras de metal que diziam "proibido familiares após este ponto". Dedo a dedo, minhas tias tiveram de arrancá-lo das barras e levá-lo embora.

E isso também foi a mesma coisa que eu vi nos leitos de morte. Filho ou filha. O tipo de filho que, depois do algoritmo ter falhado e de nós explicarmos que tinha falhado, avançava para sacudir o braço do progenitor como se para acordá-lo. *Ei, estou aqui, sinta meu braço no seu, minha mão no seu rosto; sinta meu desespero total e completo, então volte para mim e por favor não me deixe.*

Eu já estava me esquecendo de algumas coisas sobre o meu pai. Estava me esquecendo de como a voz dele podia ser baixa, de como meu pai era capaz de resmungar e de falar em tom monocórdio. Na verdade, ele poderia ter querido dizer outro *chuàng*, além daquele sobre partir para o mar. Eu deveria ter perguntado sobre qual meu pai queria dizer, mas eu nunca encontrei tempo para isso.

O outro *chuǎng* é do terceiro tom, não quarto. Para este *chuǎng*, colocamos um cavalo (马) dentro de uma porta (门), de tal forma que o próprio caractere, 闯, se refere a quebrar barreiras e avançar com ímpeto. Lembrei do cavalo de Troia, o presente-cavalo surpresa lá fora, mas também de cavalos de potência, que agora pertenciam aos carros. Um Mustang verde podia ser um clássico americano irrefutavelmente, mas também o era o motorista lá dentro. Ele era puro clássico americano, com um coração chinês. *Adeus, filha-doutora, adeus*, mas também nos vemos novamente.

*

NO PRIMEIRO DIA EM QUE VOLTEI à cidade e ao meu apartamento clássico do pré-guerra, comprei e instalei uma tranca. Principalmente para evitar contaminação acidental e visitantes indesejados, e a série de sons era reconfortante, desde trancar a maçaneta até o acionar da tranca um, dois, então o deslizar da corrente de segurança. Mas, de dentro, quase todas as noites eu podia ouvir uma batida e a voz de Mark, perguntando se tudo estava bem comigo, considerando o que via no noticiário. Ele não conseguia acreditar direito no que estava acontecendo e não sabia no que acreditar. *Tudo isso é real? Ou uma farsa? Ou coisa da mídia?* As coisas estavam mudando tão rápido, de aberto para fechado. A Broadway havia fechado – inconcebível –, estados de emergência haviam sido declarados, proibição a outros países, escassez de papel higiênico e álcool em gel para as mãos, usar ou não máscara. *Então, como você está se saindo aí dentro, totalmente sozinha? E por favor será que pode me contar o que está achando da loucura lá fora ou pelo menos me dizer se você está bem?*

Respondi que tudo ali dentro, no meu próprio apartamento, estava bem. Eu estava sozinha, mas me sentia segura. Havia retomado o controle daquilo, do meu domínio.

Por volta das 6 horas da manhã, todos os dias, eu saía para o trabalho. Na caminhada até lá, eu não fazia contato visual com ninguém, olhava para frente e para o nada. Mantinha minha mandíbula cerrada e fechava os ouvidos para diálogos que passavam, para quaisquer gritos de ódio possivelmente direcionados a mim. Então, uma vez no hospital, eu podia relaxar e cumprimentar as pessoas, porque lá também eu me sentia segura.

Na primeira vez que revi Reese, ele estava, como Madeline havia avisado, totalmente relaxado, portanto era bizarro se sentar ao seu lado. Ele não fazia mais comentários sarcásticos, piadinhas; nada de expressões espontâneas de sofrimento, epifanias ou de jogar bolas antiestresse perto da cabeça das pessoas. Meditava por dez minutos à tarde. Falava frequentemente de sua namorada. *Ei, Reese*, eu podia ter dito, e ele responderia se eu sabia que sua namorada, que trabalhava com moda, também era muito alérgica a mariscos. Duas noites antes, tinham tido um acidente com um risoto sabor lagosta, e ele quase a apunhalou com uma injeção de adrenalina, mas não precisou. Ela estava bem agora. Eu disse que era bom saber disso. Então ele me mostrou a nova fotografia dos dois sobre sua mesa, que combinava com a foto deles na sua proteção de tela. Uma boa distração, já que dez minutos mais tarde eu estava de volta ao andar da UTI e ele na dele. Conduzíamos treinamentos para outros médicos, para ensinar os cirurgiões cardiotorácicos da *poesia difícil*, por exemplo, a como operar ventiladores mecânicos durante sua realocação. Leitos extras encheram o saguão, e o café foi temporariamente fechado. O sistema de alto-falantes do hospital foi ajustado para repetir não apenas nas nossas unidades, mas em toda parte. *Está sofrendo de SDRA, senhor, senhora? Porque se é o caso, podemos ajudar.*

    Os *face shields* eram o mais desconfortável de tudo. Quando os tirávamos no final do dia, havia profundas marcas vermelhas ao redor das nossas testas. Madeline me passava um lenço de aloe vera e ficávamos sentadas por um minuto na sala de troca de uniformes com o lenço fresco estendido sobre nossos rostos. Inspirando profundamente, expirando, o diafragma é um músculo, e o ritmo da respiração é uma das poucas coisas que se pode controlar. Quando precisávamos fazer uma brincadeira sobre algo, brincávamos que estávamos sentadas em um spa.

    Na terceira semana, nossos andares estavam cheios, e, apesar de todo o EPIs, a exposição era simplesmente alta demais. Reese pegou o vírus, então Madeline, então eu.

    Parecia que uma bigorna quente fora colocada sobre o meu peito.

    Nas duas semanas em que fiquei confinada, com horários rígidos para água e antivirais, tentando empurrar a bigorna para longe do meu peito, tive sonhos febris. Um com um exército de aspiradores robô se movendo em paralelo de um lado da sala para o outro, varrendo em uníssono, então girando em uníssono e voltando a varrer, quase como um balé. Nessas duas semanas, abri a porta só uma vez. Achei que tinha ouvido alguém bater, mas, quando fui da cama até a porta, não havia ninguém do outro lado do olho mágico. Eu já tinha perdido o olfato e o paladar, por que não a audição e a visão? Fiquei delirante, e como a audição é o último sentido a ir embora, também achei que estava morta. Se eu estivesse morta e inconsciente, então talvez meu pai estivesse ali na porta, tendo vindo para me receber lá do outro lado. Mórbido, mas ainda assim não senti medo. Nunca foi a doença o que eu temia. Eu podia dar conta de uma doença física. Células, patologia, dor – eram coisas tangíveis, coisas perscrutáveis, pelo menos para mim. Mas eu tinha medo, acho, de encontrar meu pai de novo e não ter nada a dizer. *Conte-me tudo, Joan, o que foi que eu perdi?* E eu seria tão dominada por sua presença – que ele teria mais do que dois minutos para falar comigo, que seu carro estaria definitivamente estacionado – que eu ficaria perplexa. Mas quando abri a porta, só um uma fresta, eu sabia que ainda estava viva. Lá, no meu capacho de boas-vindas, havia latas de carne pré-cozida, pacotes de Chapagetti, uma pilha de correspondência para mim e uma caixa cheia de LaCroix sabor tangerina.

A comida era presente de outros moradores, e o porteiro continuou a deixar minha correspondência do lado de fora da porta.

Não contei à minha mãe sobre ter ficado doente, mas, no caso de uma emergência, eu precisava contar a Fang. Esperei que ele discorresse sua ladainha de sempre. Em vez disso, meu irmão fez algumas perguntas sobre como eu estava me sentindo, então pediu que eu escrevesse uma mensagem de texto para ele todos os dias. *Sobre o quê?*, perguntei. Ele respondeu que não fazia diferença; só alguma prova diária de que eu estava lúcida e consciente. Começamos de forma bem padrão: *Oi, acordei. Febre? Sim. Temperatura?* Contei a ele. À medida que esse número começou a baixar, ele mandava emojis de uma mão com o dedão erguido. Ele mandou dois dedões erguidos. Mandou um golpe de punho fechado.

Um dia, me vi melhor e apta, mascarada e com luvas, para ir lá embaixo pegar eu mesma a correspondência. Enquanto estava vasculhando a pilha, uma correspondência me fez parar, um folheto de três páginas de um azul oceânico familiar.

"Hospital West Side. Por que nos escolher? Nosso corpo clínico dedicado está entre os melhores do país, e trabalhamos 24/7. Dia e noite, estamos sempre prontos para lhe fornecer o melhor cuidado médico. Pergunte a um de nós."

Precisei olhar duas vezes. Mostrei ao porteiro à distância, nós dois espiando de cima das nossas máscaras. Era mesmo...?

Srta. Joanna, é você.

Não, não pode ser.

Nossa moradora importante, ele disse, e me fez uma rápida saudação.

A capa mostrava uma mulher asiática com uma mão agarrando a alça do carrinho do ECMO e a outra mão erguida, como se perguntando, *O que está acontecendo aqui com esta máquina maravilhosa e tudo o que ela é capaz de fazer?* Ela não estava olhando para a câmera, mas para um pequeno grupo que se juntara em torno dela. Reconheci minha equipe, o médico recém-formado, três residentes, o colega médico, o farmacêutico, a enfermeira-chefe, mas não lembrava daquele dia, porque fora como qualquer outro. A frase acima da minha cabeça era sobre meu comprometimento ao jaleco médico e sobre vesti-lo. Quem havia tirado aquela foto casual, típica? Quem a enviara ao diretor? Meu palpite era uma das enfermeiras, e que, assim que eu estivesse de volta ao trabalho, essas mesmas enfermeiras teriam pendurado os folhetos, como um varal na frente da estação de enfermagem, só para brincar comigo e me dar as boas-vindas depois da minha provação. Que não era uma provação tão terrível, na comparação, mais tarde contei a elas, embora eu pudesse ter perdido permanentemente meu olfato e meu paladar. E elas me deram um pacote de molho apimentado. Um desafio que algumas delas estavam fazendo, a parcela que estivera doente e se recuperado. *Quantos pacotinhos você conseguia engolir? Cinco? Sete?* Uma enfermeira conseguiu engolir sete e antes ela nem tinha tolerância a comida picante. Tudo para mostrar que éramos fortes, fortalecidas, em vez de admitir o que éramos de verdade, entorpecidas.

*

AS PALAVRAS DA LÍNGUA INGLESA também poderiam contar uma história. *Pandemonium. Pandemonic. Pandemic.* Ou um demônio que veio nos castigar.

O voo de abril da minha mãe foi cancelado. Ela pareceu resignada quando me disse que o serviço de atendimento ao cliente havia lhe reservado um lugar no próximo voo disponível, para junho. Pediram que fosse paciente. Centenas de voos haviam sido cancelados, dezenas de milhares de cidadãos chineses estavam tentando voltar para casa, sobretudo estudantes no estrangeiro com vistos prestes a expirar e imigrantes que estavam trabalhando aqui tendo deixado famílias inteiras na China, um ente querido moribundo ou doente, não por causa do vírus, mas por outras causas, como câncer ou doença cardíaca, ou derrames. O que um vírus nunca fez foi afugentar outras doenças letais.

Minha mãe imaginou que não iria voltar no voo de junho, tampouco. De junho seria adiado para agosto, para outubro, e, antes que percebesse, ela faria 70 anos. E, conforme suas amigas haviam alertado, ficaria presa para sempre neste país. Mesmo se uma vacina se tornasse disponível e as viagens fossem retomadas, alguma outra coisa aconteceria para impedi-la, como uma mudança climática extrema, um alagamento apocalíptico ou, não de todo impossível, a Terceira Guerra Mundial.

Mas se algum dia a deixassem partir, essa seria sua última viagem aos Estados Unidos, ela decidira; não faria uma nova visita.

Eu também suspeitava disso, que, uma vez que ela viajasse, seria de vez. Perguntei-lhe ao telefone o que sentia sobre isso. Que, se ela conseguisse partir agora, talvez não conseguíssemos vê-la por vários anos, com mais restrições de viagens sendo adotadas. Houve uma pausa longa e pensei que a tinha perdido. *Mãe? Mãe?*, chamei e ela fez *tsc tsc* e disse para eu me acalmar. *Então venha me ver antes de outubro*, ela pediu. *Mas não todos os finais de semana, por favor. Já passamos bastante tempo juntas, então também não queremos exagerar.*

Tendo finalmente aceitado o fato de que nossa mãe não era feliz aqui, Fang estava tentando conseguir uma passagem mais confiável para ela. Perguntei ao meu irmão o que estava acontecendo com essas passagens não confiáveis. Como é que ainda estavam sendo reservadas, e então canceladas?

Em março, o número de casos diários na China caiu para menos de uma centena. Em 10 de março, Xi Jinping visitou Wuhan e declarou que a luta contra o vírus fora um sucesso. *Wuhan sairá vitoriosa, Hubei sairá vitoriosa, e toda a China sairá vitoriosa*, ele disse, erguendo um punho fechado. Pensei no meu pai, claro, e o sentimento de cair de cara em uma ladeira de gelo. Mas, para continuar vitoriosa, a China fecharia suas fronteiras para outras nações assim como outras nações fizeram com a China primeiro. A nova política do escritório de aviação chamava-se Cinco-Um. Todas as companhias aéreas domésticas estavam limitadas a um voo internacional por semana e por país, ao passo que companhias aéreas estrangeiras só poderiam aterrissar na China continental uma vez por semana. A lista de voos aprovados era liberada em levas, e você não teria como saber antes de um momento incerto anterior à data do seu voo se ele de fato sairia. Então, para aumentar suas chances, as pessoas estavam comprando dúzias de bilhetes de uma só vez e simplesmente não havia bilhetes aéreos o suficiente. O grupo mais incansável (estudantes internacionais intrépidos, o grupo realmente desesperado para voltar) comprava bilhetes de outros lugares com escala no Japão ou na Coreia, ou na Índia, na esperança de conseguir uma baldeação, mas uma vez que chegavam ao ponto de baldeação, novas regras haviam entrado em vigor enquanto voavam, pausando todos os voos desse país. Passageiros com destino para a China então precisavam desembarcar do avião, esperar algumas horas, e embarcar no mesmo avião para voltar. Fang e eu concordamos que não podíamos fazer nossa mãe passar por isso; era ou um voo direto para casa, ou nada.

Um verdadeiro *home run*, também chamado de *homer, goner, moon shot, the big fly*,[13] entre outros.

*

---

[13] Algo como: pombo-correio, tiro na lua, grande voo etc. (N.T.)

O HOSPITAL CONTINUAVA A PROIBIR visitas de familiares, mas as famílias queriam visitar os internados, então começamos a segurar celulares ou iPads próximo ao doente, nós mesmos enrolados em éter de polifenileno, luvas, máscaras, o iPad protegido, envolto em plástico, o paciente coberto por uma fina folha branca. Às vezes era preciso aproximar o iPad para captar a voz do paciente e então afastar a tela, já que os familiares falavam mais alto.

Perto: *Eu te amo.*

Longe: *Eu também te amo, mas escute, você vai ficar bem, e vou falar com você amanhã, ok? Nesse mesmo horário.*

Já havia algumas histórias de horror. Ainda não no nosso hospital, mas em outros lugares e no exterior. Uma mulher na Itália não conseguira sair do apartamento. Seu marido testara positivo e morrera na casa deles no início da semana seguinte. O protocolo da cidade estipulava que ninguém tinha permissão para se aproximar do corpo até que pelo menos dois dias tivessem se passado. Então a viúva ficou presa em casa com o cadáver. Ela fora vista na sacada gritando por socorro.

Na minha própria unidade, uma troca entre um marido e sua esposa me pegou desprevenida. Tentei segurar o iPad reto, mas já estava com dificuldade. A contagem de mortes da cidade estivera subindo, um lembrete da verdade pisada e repisada de que o demônio sempre vence. Mas mesmo vencedor, nós ainda assim precisamos tentar. Embora não exista uma luta contra a morte, há lutas para protelá-la e para dar mais tempo para uma pessoa. Para o meu pai, depois da pancada na cabeça, estava acabado. Ele não podia falar ou se mover depois disso, então, naquele segundo, ele já se fora. Mas o que diria para minha mãe, se tivesse tido a oportunidade?

Anote isso, disse Earl, o homem que estava doente, para a mulher. *Cada uma das crianças tem uma conta bancária para a faculdade com Janus Henderson.* Ele soletrou Janus Henderson para ela, salientando cada letra. *Para entrar nessas contas eles primeiro vão mandar um código para o meu telefone. Você digita o código e então responde às perguntas.* Ele deu a ela as respostas às perguntas e as senhas para colocar logo depois.

Earl, a esposa disse, *não vou anotar nada, me recuso. Fale comigo sobre outra coisa.*

Anote. Ou ligue para este número – ele recitou o número, dígito por dígito –, *eles têm conselheiros. Ligue para esse número e alguém vai ajudar você.*

A mulher olhava vagamente para a tela, mas não estava anotando nada. Enquanto eu estivera preparando o iPad para a chamada, testando o vídeo e o áudio, Earl me dissera que era só uma precaução, ele só estava se preparando para o pior porque era o pessimista da família, sua esposa, a otimista. *Você vai ver*, ele disse.

Earl agora estava agitado e tentando mover os braços de debaixo do enxame de tubos. *Pelo amor de Deus, se recomponha e pegue uma caneta. Estou tentando lhe falar uma coisa. Só quero que você saiba o que fazer.*

A esposa continuava sem dizer nada, mas seus olhos estavam brilhantes, sua boca, uma linha plana.

Falei que, se eles quisessem, eu podia anotar alguma coisa. Eu tinha boa memória e caligrafia.

Alguém anote alguma coisa, Earl disse. Ele não se importava quem.

Encontrei um lápis, papel. Pedi à enfermeira para segurar o iPad.

Mais nomes de contas e portfólios. As senhas eram na maioria números, e eu sabia o aniversário de Earl, sua altura e seu peso, seus dados vitais, mas esses números não eram isso. Eram aniversários da mulher e dos filhos, seguidos pelas iniciais deles e então um monte de pontos de exclamação. Earl recomendou não liquidar uma conta, mas vender aos poucos. A mulher aquiesceu e cobriu a boca com a mão. A última conta era para a aposentadoria deles.

Temos um conselheiro lá, Earl disse. *O nome dele é – não ria, sei que você vai rir. Por favor não ria. Estou cansado, estou com um tubo no nariz. Mas o nome dele é Earl, uma coincidência absurda. Não fuja com ele depois que eu me for.*

A mulher riu, de fato. Foi uma risada e então um choro. Ela disse que achava que não conseguiria fazer nada daquilo sem ele. Ele disse que ela conseguiria, sim.

*

NAQUELE DIA, DURANTE MINHA caminhada de volta do hospital, eu estava, surpreendentemente, menos tensa. Falei ao Earl que estaria lá no dia seguinte, e ele respondeu que me veria no dia seguinte, embora não fosse uma pessoa matinal, então se por acaso estivesse dormindo ou o que fosse, ele não queria ser perturbado. Muito poderia acontecer de "o que fosse", e eu não podia prever o que aconteceria com Earl. Que eu não pudesse prever muitas coisas, às vezes nem mesmo meus próprios pensamentos, ainda me perturbava. Que tivesse de ficar alerta e me proteger tanto do tangível quanto do intangível me cansava até o âmago. Mas, por um momento, um pouco desse desconforto cedeu, e, sem ter ninguém por perto, diminuí meu ritmo, relaxei a mandíbula. Agitei as minhas mãos, as mãos do meu pai, que haviam estado enfiadas nos bolsos do casaco e olhei em volta.

A rua em que eu estava tinha um mercado, uma farmácia e uma loja de conveniência que permaneceram abertas depois do fechamento dos estabelecimentos não essenciais. Junto com novas diretrizes de como se manter seguro, ainda havia nas vitrines cartazes de produtos, promoções e, do lado de fora da loja de conveniência, anúncios da loteria estadual. JOGUE AGORA! COMPRE UM BILHETE E TENTE A SORTE.

Loterias eram impossíveis de ganhar na vida real, mas nunca em filmes. Tem aquele filme de criança sobre uma fábrica de chocolate e a busca por cinco bilhetes dourados, escondidos em barras de chocolate. Então, se as companhias aéreas não conseguissem garantir à minha mãe um bilhete, sempre poderíamos procurar um desse jeito. Minha mãe com seu bilhete dourado, agitando-o no ar para celebrar que finalmente poderia voltar para casa. Mas, na vida real, nenhum ganho é incondicional. Quando ela se fosse, lá estaria eu de novo sem mãe, e, embora já tivesse lidado com isso antes e lidaria novamente, eu estava mais consciente agora da diferença.

Eu não vira meu pai morrer. Eu ouvira e lera o relatório, o atestado de morte. Eu vira e segurara a caixa de cinzas. Os dois caracteres chineses do meu nome estavam escavados na pedra do seu túmulo, ao lado dos do meu irmão e abaixo dos da minha mãe.

Mas também era possível que ele pudesse estar em qualquer lugar e que ainda pudesse me surpreender com seu surgimento.

A loja de conveniências pela qual acabara de passar estava vazia, exceto por um homem de cabelo escuro atrás do balcão, o rosto semienvolto por uma bandana, limpando o balcão com uma flanela. Lá estava um serviço essencial, como sempre fora, e parei por um momento diante da vidraça.

Filha-doutora, você está pensando em mim de novo, mas não tem necessidade. Nós dois estamos muito ocupados.

Nunca ocupada demais para você, Pai.

Então como estão as coisas, filha não-ocupada? Me conte.

Ainda não entendi tudo muito bem.

Mas você entendeu um tanto.

Um pouco sim, uma parte pequena.

Então, me conte sobre isso.

Durante meu último ano na faculdade de Medicina, dez anos atrás, a loteria de Massachusetts bateu um recorde. O prêmio em dinheiro era algo tão ridículo que nenhum governo deixaria alguém recebê-lo sem pagar pelo menos metade em impostos. Meu pai ainda estava vivo e na China, mas foi naquele ano estranho de zero contato entre nós. Na manhã anterior ao sorteio da loteria, eu estava na fila na loja de conveniência com o muffin e o suco de laranja que seriam meu café da manhã, esperando impacientemente para pagar a fim de poder voltar rápido para o trabalho. Eu não estivera pensando em meu pai, em minha mãe ou em meu irmão. Eu não estivera pensando sobre o abismo entre famílias ou as migrações que precisamos fazer ou o custo do amor.

Na fila, na minha frente, havia um par asiático: pai-filha. Enquanto seus itens eram registrados, a garota perguntou ao pai se podiam comprar um bilhete para a loteria. Um anúncio de neon acima da caixa registradora o sugeria, e era uma loteria histórica com o custo de apenas dois dólares por aposta. O pai resistiu de início, mas então cedeu. A filha escolheu seis números e então, um minuto depois, recebeu o tíquete do atendente do caixa com ambas as mãos. Ela provavelmente não ganharia, e imaginei que o pai soubesse disso. Mas o que poderia ser dito desse ato aparentemente frívolo, um pequeno presente de papel que deixara a garota feliz, que então deixara o pai feliz, que então levara um pai talvez normalmente estoico a expressar o quanto ele se importava com a filha de formas que ela ainda não conseguia compreender. Depois que eu passei meu cartão de crédito para pagar pelas minhas coisas, ouvi a menina perguntar sobre o que comprariam caso ganhassem. Eles estavam indo na direção da saída e dei uma olhada neles, a filha ainda um palmo mais baixa que o pai, mais absorta com seu bilhete irrealisticamente promissor do que com a resposta do pai. *Ganhar?*, ele disse. Ele abriu a porta para os dois, se colocando de lado para deixá-la passar primeiro. *Mas eu já ganhei, fiz uma vida aqui.*

AGRADECIMENTOS

A ESCRITA DESTE LIVRO NÃO TERIA sido possível sem enorme apoio ao longo do caminho.

A Sigrid e Xuefei por sua bondade sem igual. Realmente não sei como agradecê-las, exceto por continuar escrevendo.

Linda, por seu amor e cuidado, pelas décadas de sororidade e por me deixar acompanhá-la em buscas por comidas incríveis. Yuying, Xiaoli e Briana por pacientemente responderem minhas muitas, muitas perguntas sobre Medicina, hospitais e médicos e pela única pergunta que fizeram, que essa história não seria sobre elas, seria? Caroline e Jamie por seus *insights* e disposição para ler os primeiros esboços ruins, nem sequer enviados em um documento de Word, mas em fragmentos de texto. Obrigada, Hooman e Eric, por me mostrarem o que fazem os médicos especialistas e me deixarem participar das rondas no hospital. Michel, por fornecer aquele combo raro de uísque e conselho legal.

Para todos os grandes amigos feitos na faculdade, no trabalho, na Grande Colina do Central Park, através da Ciência e através da escrita, obrigada pelos momentos felizes, pelas noites de jogo, longas caminhadas, refeições, cartas e mensagens que me alegraram. E também aos alunos, vizinhos, vizinhos de porta que se tornaram amigos e que agora constantemente me perguntam pelo meu próximo livro, obrigada por me manterem no cronograma.

Tenho uma agente incrível em Joy Harris, e não poderia ter encontrado uma melhor advogada, caixa de ressonância, âncora. Muito obrigada a todos nessa agência, sobretudo Adam Reed.

Tenho uma editora incrível em Robin Desser. Obrigada pelos telefonemas, pelas discussões, e, é claro, pelas anotações que fizeram esse livro ficar infinitamente melhor do que eu seria capaz. A Clio Seraphim por seu olhar astuto, seu comportamento tranquilizador e por suas excepcionais habilidades em tecnologia. Mas do que vou mais sentir falta do nosso processo editorial é de enviar a vocês dois gifs engraçados. A toda a equipe da Random House, estou inundada pelo carinho que demonstraram por esse livro e por mim.

Para Michael, meu coração. Obrigada por ler todas as cenas umas sete vezes e meia, e por ouvir a minha longa lista de preocupações, muitas repetitivas, e por me relembrar que tudo vai ficar bem. Sr. Biscuit, obrigada por ser lindo e por ter os mais longos cílios do mundo. Finalmente, estou em dívida com minha família de origem pela dádiva de uma segunda língua e um lar no chinês. Para minha avó e meu falecido avô, amo vocês e sinto saudades. Aos meus pais, por estarem comigo desde o início e por me mostrarem como perseverar com determinação, a como rir com sagacidade.

Este livro foi composto com tipografia Adobe Garamond Pro e
impresso em papel Off-White 70 g/m² na Formato Artes Gráficas.